知念実希人

天久鷹央の推理カルテ
完全版

実業之日本社

JN047559

実業之日本社文庫

目次

天久鷹央の推理カルテ

Ameku Takao's Detective Karte

［完全版］

プロローグ

なんでこんなことに……？

天医会《てんいかい》総合病院。六百を超える病床を誇る、東京都東久留米《ひがしくるめ》市全域の地域医療を担《にな》う総合病院。その三階にある会議室で僕、小鳥遊優《たかなしゆう》は立ち尽くしていた。

僕の眼前には、二十人を超える白衣姿の男女が座ってこちらを向いている。この病院の各科の部長たちだ。彼らの視線は僕の隣に立つ人物に注がれていた。

外科医が手術の時に着る薄緑色の術着の上に、ややサイズの大きすぎる白衣を纏《まと》った華奢《きゃしゃ》で小柄な女性。ネコを彷彿《ほうふつ》させる大きな二重《ふたえ》の目は楽しげに輝き、普段は白い頬がいまは軽く紅潮している。彼女は軽くウェーブのかかった長い黒髪を、白衣のポケットから取り出した輪ゴムで結わってポニーテールにすると、よく高校生と間違われる童顔に笑みを浮かべた。戦闘態勢が整ったようだ。

天久鷹央《あめくたかお》。統括診断部の部長、つまりは僕の上司。

思うところあって五年間務めた外科医局を飛び出し内科医を志した僕は、五ヶ月前、大学病院から天医会総合病院へ派遣され、この二歳年下の変人上司のもと、『統括診断部』という、二人だけしか医局員のいない小さな診療部で、内科医見習いとして診断学のイロハを学んでいた。

この五ヶ月、鷹央が様々な〝謎《なぞ》〟に挑んでいくのを目《ま》の当たりにしてきた。その〝謎〟は複雑な症状を呈する患者の診断だけにとどまらず、陰惨な犯罪や不可思議な超常現象にまでおよんでいる。その小さな頭の中に膨大な知識と超人的な知能、そして無限の好奇心を詰め込んだ鷹央は、それらの〝謎〟に真っ正面から挑戦しては、ことごとく打ち負かしていった。

いま思えば、鷹央の非常識な行動に翻弄《ほんろう》され、七転八倒しながらも、統括診断部での日々は充実していた。なんとなく、ずっとそんな毎日が続いていくものだと思っていた。

けれど、今日でそんな日々に終止符が打たれてしまうかもしれない。僕が想像だにしなかった残酷な形で。

部屋の奥では、この病院の事務長を務める鷹央の姉、天久真鶴《まづる》が、その端正な顔に不安の表情を浮かべ、祈るように両手を組みながら妹を見守っていた。

この数日間、僕を、そして鷹央を悩まし続けている〝謎〟。それをこの場で解き明かすことができなければ、統括診断部は解体され、僕はこの病院を去ることになる。

なんでこんなことに……？

再びその疑問が頭をかすめる。

「おいおい、そんな心配そうな顔すんなよ」

声をかけられ、物思いに耽《ふけ》っていた僕は我に返る。鷹央が僕の顔を見上げながら唇の片端を上げ、へたくそなウインクをしてきた。

「私に任せておけって」

その言葉を聞いた瞬間、背中に重くのしかかっていたものが消えたような気がした。

この人が「任せておけ」と言ったのだ、僕はただ鷹央の背中を見守っていればいい。これまで彼女は、どんな複雑怪奇な〝謎〟にもすべて〝診断〟を下してきたじゃないか。胸の奥にはびこっていた不安が解け去っていく。

「お願いします、鷹央先生」

僕が笑みを浮かべながら激励すると、鷹央は力強くうなずく。

脳裏に、鷹央とともに解決してきた数々の〝事件〟が、鮮やかに蘇《よみがえ》ってきた。

泡

Karte. 01

寒い。前方の茂みを懐中電灯で掻《か》き分けながら、遠藤幸太《えんどうこうた》はぶるりと体を震わせた。

そう、僕は寒いから震えているんだ。怖くて震えているんじゃない。幸太は目だけを動かしてあたりを見回す。深夜の雑木林、生い茂った葉が街灯の光をさえぎり、周囲に闇《やみ》を落としていた。一昨日降った大雨のせいか、足元がぬかるんで歩きにくかった。

「なんだよ、幸太。お前怖いのかよ」

となりを歩く山本俊介《やまもとしゅんすけ》が茶化すように声をあげる。

「怖くなんかないよ！」

幸太は間髪入れずに親友の言葉を否定する。しかし、口からこぼれたその声はかすかに震えていた。

こんな所に来なければよかった。俊介の誘いに乗ってこの深夜の肝試しについてきたことを、幸太はいまになって激しく後悔していた。

久留米池《くるめいけ》公園。直径二キロ、水深は二十メートルを超える巨大な池を中心に広がる、雑木林に遊歩道を整備しただけの広大な公園。昼間は市民の憩《いこ》いの場として賑《にぎ》わっているが、一度日が落ちると、街灯が少ない公園内部は暗闇に覆《おお》いつくされる。

　幸太は幼いときから両親に、一人ではこの公園に近づかないように言い聞かせられてきた。特に今いる一番奥まった部分は、日が落ちてからは大人でもまず近づこうとしない場所だ。もし、こんな深夜に家を抜け出してここに来たことがばれたら、どれだけ叱《しか》られるか……。

「なあ、知っているか。この公園の噂《うわさ》」俊介が自分の顔を懐中電灯で下から照らす。

「やめろよ。なんだよ噂って？」

「この池、すげえ深いだろ。底の方にな、カッパがいるんだってよ」

　わざとらしく声をひそめる俊介の言葉に、幸太は顔をしかめた。その噂はもちろん知っていた。夜になると池からカッパが上がってきて、子供をさらっていく。この辺りの子供は、一度はその話を聞いたことがあるはずだ。

　くだらない。そんなの子供をこの池に近づかせないために、大人が作った嘘《うそ》に決まっている。昔はその話を聞いて怖がっていたけど、僕はもう十歳だ。そんな噂で怖がるほど子供じゃない。ただ、この深夜の肝試しが親にばれないか心配なだけだ。

「よし、ついたぞ」

　俊介の声で、もの思いにふけっていた幸太は我に返る。目の前に巨大な木が、池を背後にして立っていた。通称『雷桜《かみなりざくら》』。数年前に雷の直撃を受け、幹が真っ二つに裂けた桜の枯れ木だった。

幸太は首をそらし、月光に蒼《あお》く照らされた不気味な大木を見上げる。この周辺は遊歩道からかなり離れていて、立入禁止となっている。これまでこんなに近くで雷桜を見たことはなかった。その姿に圧倒される。

深夜に雷桜のもとに行き、写真を撮ってくる。それがクラスで数週間前からはやっている肝試しだった。そのミッションをこなした者は、クラス内で一目置かれる存在になる。今日の昼、俊介から二人で雷桜に行くことを持ち掛けられたときは、それがとても素晴らしい計画のような気がした。成功すれば好きな女の子の気を引けるかもしれない、そんな想像が気分を高揚させた。

僕はなんて馬鹿《ばか》なことを考えていたんだろう。幸太は唇を噛《か》む。

ふと幸太は、となりに立つ俊介が地面を見下ろしていることに気づいた。

「なにやってるんだよ、俊介。早く写真撮って帰ろうよ」

「あ、あし……あと」

俊介は視線を動かすことなく、震えた声でつぶやく。

「足跡？」

幸太は懐中電灯で地面を照らす。喉《のど》の奥からヒュウと笛を吹いたような音がもれた。ぬかるんでいる地面に、いくつもの足跡が刻まれていた。輪郭がはっきりとはしないものの、それは明らかに普通の人間のものより二回りは大きかった。そして、その大きく広がった指らしき部分の間には、水かきのような跡が残っている。

幸太は震えながら、点々と残されている足跡を懐中電灯で照らしていく。足跡は真っ直《す》ぐに池へと向かい、その縁で溶けるように消えていた。

『カッパ』。その単語が幸太の頭の中ではじける。辺りの気温が急激に下がったような気がした。自分の両肩を抱くようにして体を縮める幸太のそばで、俊介はふらふらと池に近づいて行く。

「俊介、どこ行くんだよ。帰ろうよ。きっと、……きっと誰かのいたずらだよ」

そうだ、きっといたずらだ。そうに決まっている。俊介の後を追いながら、必死に自分に言い聞かせる幸太の鼓膜を、ボコッボコッという異質な音が揺らした。俊介に続いて池の縁まで来た幸太は、反射的に音のする方向に懐中電灯を向けようとする。闇がわだかまる池へと。

「あっ！」

次の瞬間、幸太はぬかるんだ地面に足をとられ、大きくバランスを崩した。それと同時に、幸太の手から懐中電灯がすべり落ちる。水音とともに池へ落下した懐中電灯は、光を放ったまま水中へと消えていった。幸太の代わりをするように、俊介が自分の懐中電灯で水面を照らす。

泡。光に浮かび上がった水面で気泡がはぜていた。二人は呆然《ぼうぜん》とその光景を眺め続ける。断続的に浮かび上がってくる泡は、次第にその大きさを増していく。

なにかが浮かび上がってこようとしてる？

幸太の全身が硬直する。水中に『なにか』が現れた。光沢のある真っ黒な皮膚。燃え上がるような光を放つ巨大な目。異様に突き出た口元。水面は小さく波打ち、さらに水が濁っているのでその姿ははっきりしないが、少なくともそれは、幸太がこれまで出会ったことのない『なにか』だった。次の瞬間、水面に黒い手があらわれる。

「う、うわ……うわー！」

悲鳴が上がった。幸太の口からではなく、すぐそばから。

見ると、隣にいたはずの俊介が一目散に逃げ出していた。同時に幸太にかかっていた金縛りも解ける。

「ま、待って……」

ぬかるんで滑る地面に何度も足を取られながら、幸太は必死に両足を動かした。

背後から『カッパ』が迫ってくることに怯《おび》えながら。

1

「小鳥遊《たかなし》先生、お電話です」

救急受付の女性事務員が、僕に受話器を差し出してくる。

「誰から？」

「『小鳥《ことり》を出せ』とのことです」

事務員はいたずらっぽい笑みを浮かべる。答えにはなっていないが、電話の相手が誰かは分かった。この病院で僕、小鳥遊優《ゆう》を〝小鳥〟と呼ぶ人物は一人しかいない。

「鷹央《たかお》先生、なにか用ですか？」受話器を取った僕は早口で言った。

「仕事はもう終わりだろ。帰る前にうちに顔を出せ」

受話器から若い女性の抑揚のない声が聞こえてくる。僕が所属する『統括診断部』の部長、天久《あめく》鷹央の声。

四ヶ月前にこの東久留米市全域の地域医療を担う大病院、天医会総合病院に赴任したとき、直属の上司となった鷹央は僕の名字を聞いて、「小鳥が遊べるから〝鷹無し〟って、なんだよそれ」と大笑いしたあげく、「けれどここには〝鷹〟がいるぞ、私は鷹央だからな。だからお前は小鳥遊じゃなくて〝小鳥〟だな」と言いだした。それ以来、僕は鷹央に〝小鳥〟と呼ばれている。まったく、身長百八十センチを越える、大学時代空手部で鍛えこまれた大男の僕には似つかわしくないあだ名だ。

「まだ終わってないですよ。というか、当分終わりそうにありません」

僕は二歳年下の上司に言う。ついさっき続けざまに患者が搬送されてきたので、救急部のベッドは満員だった。

「救急部は十八時で交代のはずだ。お前の仕事は一分二十秒前に終わっているぞ」

「自分で受けた患者は、治療して帰すか、入院させるかするまで終われませんよ。あと一時間ぐらいすればなんとかなると……」

そこまで言ったところで、ガチャンという電話を叩《たた》き切る音が聞こえてきた。僕はため息をつきながら受話器を眺める。どうやら怒らせてしまったらしい。機嫌悪くなると面倒くさいんだよな、あの人。

もともと、統括診断部の医師である僕を週に一日半、人材不足で猫の手も借りたがっているこの救急部に出向させたのは鷹央だった。外科医として五年間の研修を受けた後に思うところあって内科医に転向し、統括診断部にやってきた僕は、使い勝手のいい〝レンタル猫の手〟として定期的に貸し出されている。

まあ鷹央をどうなだめるかは後々考えればいい。きっと美味《うま》いケーキでも持っていけば機嫌もなおるだろう。僕は受話器を事務員に返すと、救急室の隅に置かれた電子カルテへと近づいていく。

ボーイッシュな女性研修医が、電子カルテの前に座りキーボードを叩いていた。薄く日焼けしているのか、小麦色の肌が救急部ユニフォームの袖《そで》から覗《のぞ》いている。

この鴻ノ池舞《こうのいけまい》という名の一年目の研修医は、先月から救急部で研修をしていて、人《ひと》懐《なつ》っこい性格と軽いフットワークで上級医に好評を博している。

さっきまで、全身の痛みと右手の痺《しび》れを訴えて搬送された若い男の入院手続きをしていたため、新しく搬送された二人の患者の診察を鴻ノ池に任せていた。

「どんな感じ？」

僕の言葉に鴻ノ池は顔を上げる。薄く茶色の入ったショートカットの髪が揺れた。

「あ、小鳥遊先生。えっとですね、一人はホームレスで、バイタルサインは安定していますけどまったく意識がありません。ジャパンコーマスケールで300です。脳卒中だと思いますんで、緊急ＣＴの準備をしています。もう一人は三十歳の男性で、激しい腹痛を訴えて、さっきからのけぞって叫んでいます。あの痛がり方は腹膜炎を起こしていると思います。多分、虫垂炎の破裂とか急性胆嚢炎《たんのうえん》あたりかと……」

ああ、さっきから獣の雄叫《おたけ》びのような声が聞こえるのはそれか。

「そちらの患者にもＣＴの手配をしておきました。あと、二人とも点滴ラインをとって血液検査も提出しています」

説明を受けた僕は、二、三分かけてカルテを一通り読んでうなずいた。一年目の研修医としては上出来だ。

診察をするため、カーテンで申しわけ程度に仕切られている救急ベッドに向かおうとしたとき、空気がざわついた。スタッフたちが出入り口付近に視線を送っている。

つられるように視線を動かした僕の喉から、物を詰まらせたような音がもれた。

そこには外科医が手術の時に着る薄緑色の術着の上下を着込み、その上にサイズの合っていないぶかぶかの白衣を羽織った小柄な少女が立っていた。

いや、少女というのは正しくない。たしかに一見すると高校生、時には中学生と間違えられてしまうような童顔だが、彼女はれっきとした二十七歳の医師だ。しかも父親が理事長を務めるこの病院の副院長にして、一つの診療部の部長を務めていたりする。天久鷹央、僕の上司。

鷹央は軽くウェーブのかかった長い黒髪をがりがりと掻きながら、こちらに近づいて来る。ネコを彷彿《ほうふつ》させる二重の大きな目は、不機嫌そうに細められていた。

救急室にいるほとんどの者が、手を止めて鷹央を眺める。それも当然だった。一階にあるこの救急室に鷹央が姿をあらわすことはほとんどない。

病院の屋上に建てられた〝家〟と、統括診断部の外来診察室・病室がある十階病棟、それが鷹央の生活圏で、そこから出てくることは稀《まれ》だった。それゆえ一部の病院スタッフから『座敷童《ざしきわらし》』などと陰で呼ばれ、都市伝説のような扱いを受けている。

「あの、鷹央先生。……どうしたんです？」

僕は目の前に来た鷹央におずおずと言う。

「私が早く仕事を終わらせてやる」

「はい？」

「十八時までに運ばれて来た患者を診ればいいんだろ。あと二人だな。電子カルテを読んだ。その二人ならすぐに帰せる」

鷹央は素足に履いたサンダルを鳴らしながら救急ベッドに向かって歩き出す。僕と鴻ノ池は一瞬顔を見合わせると、そのあとを追った。鷹央が無造作にカーテンを引く。

「痛《いて》え！　腹が痛えよ！　どうにかしてくれよ！」

ベッドの上で若い男が、体を反らせながら大声を上げていた。男の額に浮かぶ脂汗《あぶらあせ》に蛍光灯の光が反射している。

「ペンタゾシンは無いぞ」

男を見下ろすと、唐突に鷹央は言う。

「え？」

ベッドの上で苦悶《くもん》の表情を浮かべていた男は、口を半開きにして鷹央を見つめた。

「今週は重症患者が多くて、ストックされていたペンタゾシンは全部使いきった。新しく入荷するのは来週だ。普通の痛み止めならあるけど打つか？」

ペンタゾシンは弱オピオイドと呼ばれる強力な鎮痛剤の一種だ。モルヒネなどの強オピオイドとは違い、処方するのに麻薬施用者免許が必要ないため、臨床現場では比較的よく使われる。当然、大量にストックはされており、使い切ることなどまずない。

「……それじゃあ意味ねえじゃねえか！」

男は怒鳴り声をあげて立ち上がると、大股《おおまた》で出口に向かって歩きはじめた。

「やっぱりペンタゾシン依存症だったな」

鷹央は満足げに鼻を鳴らす。麻薬と似た作用を持つペンタゾシンにはそれなりに依存性がある。それゆえ仮病を使って受診し、ペンタゾシンを打ってもらおうとする依存症の者が救急には時々あらわれる。

「なんで……分かったんですか？」

男の背中を眺めながら、鴻ノ池が呆然とつぶやいた。

「腹膜炎とかで腹が強烈に痛む奴《やつ》は、腹膜の緊張を緩めようと本能的に体を丸くすることが多い。少なくとも海老《えび》反《ぞ》りする奴はほとんどいない。痛みが増すからな」

鴻ノ池に視線を送ることもせずに言うと、鷹央は続いて意識障害のホームレスが寝ているというベッドのカーテンを開けた。

「意識が完全になく、しかも眼球が両方とも上転しているってカルテに打ち込んでいたな。それで脳卒中を疑っていると」

鷹央は目を閉じている男に視線を向けながら、そばに立つ鴻ノ池に向かって言う。

ためらいがちに、鴻ノ池は、「はい……」とうなずいた。

「脳卒中でそこまでの症状が出るとしたら、広範囲の梗塞《こうそく》かそれなりの頭蓋《ずがい》内出血があるはずだ。その場合は血圧や脈拍、呼吸状態なんかのバイタルサインも不安定になるのが普通だ。けれど、この男にはそれがない」

ベッドのわきに移動した鷹央は、無造作に男の弛緩《しかん》した手を持ち上げて男の顔の上に持っていき、そこで手を離した。重力に引き寄せられた手は、男の顔の直前で一瞬停止し、わきへと落下していく。

ああ、なるほどね。二人の後ろで僕はこめかみを掻く。もし本当に意識がなかったり麻痺《まひ》をしていたら、手は顔を直撃していたはずだ。しかし手は顔を避けて落下していった。つまりは……。

「ほら、お前に意識があるのは分かった。さっさと起きろよ」

鷹央が声をかけるが、男はピクリとも動かない。どうやら意地でも意識障害を装い続けるらしい。

「意識がないなら、食事は出せないぞ。食べられないからな。点滴で水分補給されるだけだ。それよりも狸寝入《たぬきねい》りをやめて、これをもらった方が良いんじゃないか」

鷹央は白衣のポケットからクッキーの入った袋を取りだし、男の顔の前で振る。それまで閉じていた男のまぶたがかすかに開いた。男は無言で手を伸ばし、奪い取るように袋を摑《つか》むと、のそのそと上体を起こしはじめた。

「受付の事務員に、福祉を受ける方法を聞いていけ」鷹央は受付を指さす。

「いらねえよ、そんなの！」

男はつばを飛ばして悪態をつくと、ベッドからおりた。

「よし、これで患者はさばけたな。うちに行くぞ」

振り返った鷹央は僕に向かってあごをしゃくる。

「いえ、あの、さっき体中が痛くて手が痺れるっていう若い男を入院させたんで、そっちの明日以降の検査予約も入れておこうかと……」

「あ？　なんだよそれ。そんな奴を入院させたのか？」

「はあ。体の痛みだけでなく、腕の痺れもあったのが気になって。血液検査でＣＰＫとかの筋酵素の上昇も認めましたし、本人も不安そうだったので……」

「性行為のしすぎだ」

「はい？」

唐突に飛び出したあまりに意味不明なセリフに、思わず声が裏返る。

「若い男だろ。昨日あたりそいつは性行為をしたんじゃないのか？　そして張り切りすぎて筋肉痛や関節痛が出た」

あけすけな鷹央の言葉に、鴻ノ池がはにかんだ。

「いや、でも、腕の痺れが……」

「土曜の夜症候群じゃないか？　性行為の後の腕枕《うでまくら》なんかで神経が長時間圧迫されて、

麻痺を起こす疾患だ。週末の夜に多く発生するから『土曜の夜症候群』。まあ、昨日は土曜じゃないけどな。明日念のため診察するからそれでいいだろ。ほれ、行くぞ」

鷹央はぶかぶかの白衣をはためかせると、出口に向かって颯爽《さっそう》と歩き始める。

「かっこいい……」

となりで鴻ノ池がつぶやくのを聞きながら、僕は大きくため息をつくのだった。

2

十階建ての天医会総合病院、その屋上の中心に立つ平屋建ての建物。鷹央が理事長の娘という立場を最大限に利用して建てたその〝家〟こそが、僕の所属する統括診断部の医局にして天久鷹央の住みか、というか棲《す》みかだった。

その外壁は赤レンガを積まれて作られ、三角形の屋根はシックな黒い瓦《かわら》が敷き詰められている。木製のアンティーク調の扉がはめ込まれた玄関のまわりは、色とりどりの花が植えられたプランターが置かれ、花壇のようになっていた。

しかしヨーロッパの童話に出て来そうなファンシーな外見に反して、その室内は不気味な雰囲気をかもし出していた。グランドピアノ、オーディオセット、ソファー、デスクなどが置かれた十五畳ほどのリビング。そのいたるところに、あらゆる種類の書籍がうずたかく積まれ、樹木のように立っていた。しかも光に過敏な鷹央は日中はカーテンを引き、夜も最低限の間接照明しか灯《とも》さないため、室内は常に薄暗く、魔女の家にでも迷い込んでしまったかのような気分にさせられる。

立ち並ぶ〝本の樹〟はすべて鷹央の蔵書だが、本来はこの部屋に必要無い物だった。なぜなら、それらに記されている情報は鷹央の小さな頭蓋骨の中に、一字一句残らず収納されているのだから。

場の空気が読めない。人付き合いが極端に苦手。光や音に過敏。著しい偏食。すばらしい集中力。多方面にわたる異常な好奇心。音楽や絵画へのずば抜けた芸術的センスなど、いくつもの強烈な個性を兼ね備えている鷹央。特にその記憶能力・計算能力・知能には超人的なものがあった。

病院スタッフの中には、理事長である父親のコネで、鷹央が若くして統括診断部長のポストを手に入れたのだと思っている者も多いらしいが、それは大きな誤解だった。鷹央の膨大な知識に基づいた診断能力は、多くのベテラン医師を擁するこの病院の中でも飛び抜けている。そしてそれを最大限に利用するために、診断が困難な患者を科の垣根を越えて診る『統括診断部』が設立されたのだ。

そして鷹央が〝診断〟を下すのは、複雑怪奇な症状を呈する病人だけではなかった。常にその高性能の頭脳を使う機会をうかがっている鷹央は、かすかにでも〝謎〟の匂《にお》いを嗅《か》ぎつけると、無限の好奇心を胸にそれに近づき、解き明かそうとする。たとえそれが陰惨な犯罪がらみの〝謎〟だとしても。

僕がこの病院に赴任してから四ヶ月の間だけでも、鷹央はその圧倒的なスペックを誇る脳髄によって、宇宙人に誘拐されたと訴える男による殺人事件、恐竜に襲われた青い血の男の事件などの大事件から、ちょっとした地域のトラブルまで、様々な事件を解決に導いていた。

公式には鷹央がそれらの事件解決に貢献したことは発表されていないが、人の口に戸は立てられない。特にこのネット社会では。最近ではどこからか鷹央の噂を聞きつけた人々がたびたび、なにを勘違いしたか統括診断部のホームページから、メールで鷹央に捜査依頼をしてくるようになっていた。

統括診断部は探偵事務所ではない。そのような依頼は基本的に黙殺するようにしているのだが、困ったことにそれらのごく一部が、鷹央の心の琴線に触れてしまうことがあった。そんな依頼を見つけると、鷹央は依頼主と勝手に連絡を取り、事件に関わろうとする。そしてその際には、決まって僕が鷹央のサポートをするはめになるのだ。時間外手当をもらうことなく……。

「それで、今度はどの事件を調べる気になったんですか？」

家に入るなり「メールを見ろ」と言ってソファーで本を読みはじめた鷹央を横目に、

僕は『受信メール』のフォルダを開く。三つ四つ、捜査依頼らしきメールがあった。

「当ててみろよ」本を眺めたまま鷹央は楽しげに言う。

「……えっとですね。この『百万円以上するペルシャネコが密室のはずの家から逃げ出した』っていうやつですか？」

鷹央はかなり動物好きだ。しかも、〝密室〟というキーワードに食いつく可能性は高い。しかし反応はかんばしくなかった。本を手にしたまま、鷹央は横目で僕に湿った視線を浴びせかけてくる。

「どうせ飼い主が窓でも閉め忘れたんだろ。そのネコはいまごろ、『ローマの休日』ならぬ『久留米の休日』を楽しんでいるよ」

「それじゃあ、この近くに住んでいる金持ちからの『こそ泥に入られて、純金製の食器数点を盗まれた。それを探して欲しい』っていうやつとか……」

見つけたら礼として、食器の一部を贈呈すると書かれている。

「金の皿で食ったらカレーがうまくなるのか？　窃盗なんて警察の仕事だろ」

鷹央はつまらなそうに吐き捨てる。

これも違ったか。だとすると……。ふと僕は鷹央の手にしている本のタイトルに視線を向ける。『ＵＭＡ大図鑑』。またわけの分からない本を。あれ？〝ＵＭＡ〟ってたしか未確認動物のことだよな。もしかして……。

「もしかして……この小学生が送って来た、『カッパを見た』っていうやつですか」

「ビンゴ！」

鷹央はバンザイするように、本を持ったままの両手を挙げた。

「いや、ちょっと待ってくださいよ。いくらなんでもいまの時代に『カッパ』なんて。こんなの子供のいたずらですよ」

「そのメールよく読んでみろよ。いたずらにしては手が込みすぎだろ」

言われて僕はあらためてメールに目を通す。たしかにその文面からは、小学生が自分の持つ語彙《ごい》を絞り出し、必死に書いたことがうかがえた。

「どうなんでしょうねえ。このメールだけじゃなんとも言えません」

「だから直接話を聞こうと思ったんだ」

「え、もしかしてここに呼んだんですか？」

「約束だとあと五分二十秒で病院の正面玄関に来るはずだ。お前が迎えに行け」

……僕は小学生を迎えに行くためにわざわざ呼び出されたのか。

「それで僕たち、学校で嘘つきって言われて……。けれど、本当に見たんです！」

遠藤幸太という名の少年は拳《こぶし》を握り、目にうっすらと涙を浮かべながら、一昨日の深夜カッパを見たこと、しかし同級生たちはそれを信じてくれなかったことを語った。

数十分話した印象では、少年は礼儀正しく、年齢のわりに大人びていて、僕たちをだまそうとしているようには見えなかった。少なくともこの少年は『カッパ』の存在を信じている。僕にはそう感じられた。

問題はなぜそんな妄想に取り憑《つ》かれてしまったかだ。少年が久留米池公園で経験したことはどこまでが現実にあったことなのだろう？

胸に溜《た》まっていたものを吐き出した少年は、訴えかけるような眼差しを投げかけてきた。僕は助けを求めるように、背後にいる鷹央を見る。蛍光灯の明るい光の下、鷹央は腕を組み目を閉じていた。それだけ見ると眠っているようにも見えるが、それが鷹央が集中して話を聞くときのスタイルだ。

僕たちは少年の話を、病院の十階にある統括診断部の外来診察室で聞いていた。鷹央は最初自分の〝家〟で聞こうとしたのだが、あんな異様な雰囲気の〝本の森〟に多感な少年を入れるわけにはいかない。魔女の家に連れ込まれたと思いかねない。

「あの、先生たちはカッパのこと……信じてくれますよね」

不安げに少年は言う。ようやく鷹央はゆっくりと目を開いた。

「お前が見たものが『カッパ』だったかどうかを議論するためには、まず『カッパ』とはどういうものであるのか定義する必要があるな」

少年は「え？」とつぶやくと、まばたきをする。

「もともと『カッパ』は日本に伝わる未確認動物、つまりはＵＭＡだ。日本全国で伝承されているけれど、地方によってその内容は大きく変わっている。外見は一般的には、緑色の子供のような体軀《たいく》で、うろこをもち、頭に皿がのっているとされることが多いが、猿のように全身に毛が……」

鷹央は辞典でも朗読するかのようにカッパについての知識を披露しはじめた。

「目撃例は九州・沖縄地方に多く、福岡県の北野天満宮にはカッパの手とされるミイラがあり……」

「先生、ストップストップ。この子、もうついてきていません」

僕は鷹央の言葉を横からさえぎる。気持ちよさそうに頭の中の知識を吐き出していた鷹央は、剣呑《けんのん》な目つきで一瞬僕をにらみつけるが、口を半開きにしている少年を見てつまらなそうに唇を尖《とが》らせた。

「つまりお前の話だけじゃ、それがカッパだったのかどうか判断できない」

「……そうですか」

少年はうつむきながら悲しげに言う。信じてもらえず追い払われると思ったのだろう。しかし、そんなわけがないことを僕は知っていた。

「よし、それじゃあ小鳥、行くぞ」鷹央が勢いよく立ち上がった。

「行くってどこにですか？」

なかば予想はついていたが、とりあえず聞いてみる。

「もう暗いし、この子供を家に帰さないといけないだろ。その後に久留米池公園だ」

少年は顔を跳《は》ね上げ鷹央を見る。鷹央は心から楽しげに唇の両端を持ち上げた。

「まかせろ。本当にカッパがいるなら、私が見つけてきてやる」


僕の愛車、マツダRX－8に乗って少年を家まで送った僕と鷹央は、その足で久留米池公園へと来ていた。数メートル前にはコートを羽織った鷹央が、暗闇の雑木林の中を足元も見ずすたすたと歩いている。まったく、基本引きこもりのくせに、なんでちょっと好奇心が刺激されるとこんなに活動的になるんだ。

鷹央の背中にはなぜか、野球のバットを入れるような細長いソフトケースが担《かつ》がれていた。病院を出る前に屋上の〝家〟から持ってきた物だ。

「遅いな。早く来いよ」

「無茶言わないでくださいよ。こんなに暗くて足元がぬかるんでいるのに」

鷹央は光に過敏な反面、フクロウのように夜目が利《き》く。

「たしかにかなり足場が悪いな」

鷹央は足を上げてスニーカーの底を見た。

「昨日も雨だったたし、何日か前にはすごい集中豪雨がありましたからね。それにこんな雑木林の中じゃ、日差しもなかなか届かなくて乾きにくいでしょうし」

「ああ、この前の雨はすごかったな。家が流されるかと思った。屋上から流された家が降ってきたら、みんな驚いただろうな」

とぼけたことをつぶやきながら、鷹央は茂みを掻き分ける。視界が広がり、目の前に月光に照らされた巨大な枯れ木があらわれた。

「これが『雷桜』ってやつですか。なかなか迫力ありますね」

僕は根本まで亀裂が走った枯れ木を見上げる。

「地元じゃあ結構有名だぞ。ちょうど花が満開の時期に雷が落ちたらしいからな。花が燃え上がりながら一気に散ったんだってよ」

「それは壮絶な光景だったでしょうね」

前衛芸術のオブジェのような姿をさらしている大木を見上げる僕の横で、鷹央は背負っていたケースを下ろすと、その中を探りだした。

「なんですか、それは？」

鷹央がケースの中から取り出した物を見て、僕は目を丸くする。

「知らないのか。これは釣り竿《ざお》というものだ」

鷹央は自慢げに薄い胸を張った。その手には本格的な釣り竿が握られている。

「いや、それは知っていますよ。僕が聞きたいのは、なんでいまそれが出てきたのかってことです」

「釣り竿だぞ、釣りをするからに決まっているだろ」

鷹央はするすると釣り竿を伸ばすと、コートのポケットからキュウリを取り出す。

「……なぜキュウリ？」

「カッパと言えばキュウリだろ」

「あの……、もしかしてカッパを釣るとか言い出しませんよね？」

「言い出すに決まっているだろ」

鷹央は真顔で釣り竿とキュウリを差し出してくる。

「いや先生、カッパなんているわけないでしょ。常識的に考えて……」

「常識？　なんだそれは。いるかいないか分からないから、わざわざここに来て調べるんだろ。カッパだぞ、カッパ！　捕まえられたらすごいぞ！」

目を輝かせる鷹央を前にして、僕は小さくため息を漏らす。我ながら愚問だった。一般的な〝常識〟で鷹央は縛れない。ここで押し問答をしても決して鷹央が折れないことを、僕はこの四ヶ月の付き合いで痛いほどに知っていた。

しかたがない……。僕は脱力しながら釣り竿とキュウリを受け取る。

「あれ、先生はやらないいんですか？」

鷹央はソフトケースを折りたたみはじめた。釣り竿は一本しかないらしい。

「私はそのあたりを見てくる。カッパの痕跡でも見つかるかもしれないからな」

「はいはい。あんまり遠くに行かないでくださいよ。危ないから」

「子供扱いするな、大丈夫に決まっているだろ」

本当に大丈夫だろうか？　たしかに鷹央は夜目は利くが、それ以前に絶望的なまでに運動神経が悪い。凹凸のないはずの廊下でさえ、時々僕には見えないなにかにつまずいて転んだりしている。

「なにかあったら大きな声出してくださいよー」

「うっさい！　子供扱いするなって言ってるだろ！」

鷹央の姿が消えていった茂みから怒鳴り声が返ってくる。僕は肩をすくめると釣り針にキュウリを突き刺した。

どのくらい経《た》っただろう。頭を空っぽにして釣り糸を垂らす僕が、そろそろ悟りでも開けるんじゃないかと思いだしたころ、がさがさと背後から音が聞こえてきた。

「あ、先生、やっと戻って……」

振り返ってそこまで言ったところで僕は絶句する。顔を含む体の前面を泥だらけにした鷹央を見て。

「……べとべとして気持ち悪い」

顔の泥をぬぐいながら、鷹央はいまにも泣き出しそうな声でつぶやく。

「……何回転んだんですか？」

「……三回」

やっぱりこんな足場の悪いところで動き回らせるべきではなかった。僕はため息をつきながら、ポケットから取り出したハンカチを手渡す。

「それで、なにか分かりました？」

「昨日の雨でほとんど洗い流されているのか、なにも見つからなかった。この前の豪雨の影響もあるんだろうな。その辺りがえぐられているのは、多分そのせいだろ」

ハンカチで顔に付いた泥をぬぐいながら、鷹央は『雷桜』の根本あたりを指さす。鷹央の言うとおり、その部分は池に向かって根が剝《む》き出しになっていた。これ以上浸食されれば、雷桜はいつか池に飲まれてしまうだろう。

「もう帰りましょう。そんな泥まみれじゃ風邪ひきますよ」

珍しく鷹央は素直にうなずいた。よほど濡《ぬ》れた服が気持ち悪いのだろう。僕が帰る準備を始めると、鷹央はきょろきょろと周囲を見回しはじめた。

「どうかしました？」

「カッパは釣れなかったのか？」

3

「この子供は夜盲症だったのか？」

不安げな表情を晒《さら》す少年の目を眼底鏡でのぞき込みながら、鷹央はつぶやいた。

「え？　なんですか？」少年の母親が聞き返す。

「だから夜盲症だよ、夜盲症。暗いところで通常より物が見えにくくなる症状のことだ。お前の子供はあまり夜目が利かなかったのか」

久留米池公園に行った翌日の午前十一時半過ぎ、僕と鷹央は外来を行っていた。他科の外来診察室は一階と二階に集中しているが、この統括診断部だけは十階の一室を改造して診察室に使っていた。屋上にある〝家〟から近い方がいいという鷹央の要望が反映されたものらしいが、僕は密《ひそ》かに統括診断部を、と言うか鷹央を、特定の領域に隔離しておこうという意図を感じていたりする。

統括診断部の外来は、各科の医師が紹介してきた診断困難な患者を、超人的な知能を持つ鷹央が十分な時間をかけて診察し、診断を下すという建前になっていた。そのため、一日に最高八人しか予約を受けつけず、一人につき四十分という通常ではあり得ない診察時間をとっている。

しかし、実際はここに送られてくる患者の大半は、〝診断が難しい患者〟ではなく〝扱いが難しい患者〟だった。外来で無理な要求をしてきたり、長時間疾患とは関係ない愚痴をしゃべり続けたり、時には暴れ出したりするような、各科の外来でもてあました患者たちがこの統括診断部の外来に送り込まれてくる。

おかげで僕は、鷹央に代わって患者のクレームや愚痴をひたすらに聞き流すはめになっていた。その間鷹央はといえば、診察室の奥に置かれた衝立《ついたて》の陰、患者からは死角になる位置で読書にいそしみながら待機して、診断しがいのある患者が来たときだけ出てきて診察をするのだ。

そして、午前最後の患者としてやってきたこの七歳の少年は、珍しく鷹央が〝診断しがいがある〟と判断した患者だった。

小児科からの紹介状によると、数ヶ月前から原因不明の吐き気や体のだるさ、そして手足の痛みを訴えているが、いくら検査してもその原因が分からず、この統括診断部に紹介されて来ていた。

診察室に入ってきてすぐに、母親はこの数ヶ月で息子に起こった症状を、目に涙さえ浮かべながら興奮気味にまくし立てた。まあ、子供が数ヶ月も原因不明の症状に苦しめられていれば、感情的になるのもしかたがない。

十五分ほど、嗚咽《おえつ》まじりに母親が語ったところで、鷹央は衝立の裏から姿を現し、唐突にあらわれた童顔の女医に戸惑う親子を尻目《しりめ》に、子供の診察を始めたのだった。

「べつに夜目が利かないとか、そういうことはありませんでしたけど……。ただ、去年辺りから視力が落ちてきていて、これ以上目が悪くなると、眼鏡をかけた方がいいかもって、眼科の先生が……」

母親は不安げに鷹央を眺めながら答えた。さっき鷹央が統括診断部の部長であることは説明したのだが、一見すると女子高生のように見える鷹央が優秀な診断医だとは、すぐに信じられないのだろう。

「なるほど、目が悪くなってきた……か」

鷹央は思わせぶりな笑みを浮かべる。母親の顔が歪《ゆが》んだ。

「なにか分かったんですか？　もしかして、なにか大きな病気とか……」

「ビタミン剤」

鷹央は左手の人差し指を立てると、ぼそりとつぶやいて母親のセリフを遮る。母親は怪訝《けげん》そうな表情を浮かべると、「え？」と声を漏らした。

「だからビタミン剤だよ。お前は息子にビタミン剤を飲ませているんじゃないか？　目が悪くなったことを心配して」

「え？　の、飲ませてはいますけど……。けれど、それがなにか……？」

母親はおどおどとした態度で訊《たず》ねる。

「目に効くビタミン、つまりはビタミンAだな。たしかに、ビタミンAが不足すると夜盲症を引き起こす。しかし、だからといって投与したら劇的に視力が回復するってわけじゃない」

鷹央は顎《あご》を引くと、母親を上目遣いに見る。

「お前はビタミンAを投与しても、それほど息子の視力が上がらなかったので、指定されている量よりも多く飲ませはじめた。違うか？」

「そ、そうです。なんでそれを……？」母親は震える声でつぶやいた。

「ビタミンAは脂溶性のビタミンだ。それを大量摂取した場合、体内の脂肪に蓄積していき、健康を害することがある。慢性症状は日常的な悪心《おしん》、嘔吐《おうと》、全身倦怠感《けんたいかん》、そして四肢の圧痛を伴う腫脹《しゅちょう》だ。急性症状としては脳圧亢進《こうしん》もある。いまこの子供の眼底を見たら、軽い乳頭浮腫、脳圧が亢進しているときに見られる所見も確認できた」

鷹央が立て板に水でまくし立てる説明を、母親は細かく震えながら聞く。

「それじゃあ、この子の症状は……」

「そうだ。お前が用量を守らずに与え続けたビタミン剤によって、ビタミンA過剰症になっているんだ」

鷹央の言葉に母親は目を剝き、言葉を失った。鷹央は鼻を鳴らす。

「まったく、どれだけ大量に飲ませたんだか。よっぽど大量に摂取しないとここまでの症状は出ないぞ。小児科に連絡入れておくから、午後に小児科外来を受診しろ。血液検査で血中ビタミンA濃度を測定して、確定診断をつけてくれる」

「あ、あの……。この子は治るんでしょうか？」

　母親は息子の肩に手を置きながら訊ねる。その表情はいびつに歪んでいた。きっと息子を苦しめた症状の原因が自分にあると知り、混乱しているのだろう。

「ああ、ビタミンA過剰症は、ビタミンAの投与を中止すれば速やかに症状が消えるはずだ。一応小児科外来を定期的に受診して、経過を確認してもらえ」

　鷹央はそう言うと、恐ろしいスピードで電子カルテのキーボードを打ちはじめる。打ち込んでいる内容は、小児科への回答と今後の指示だった。それらを打ち終わった鷹央は、柏手《かしわで》でも打つかのように両手をぽんっと合わせる。

「よしっ、これで診察終わりだ。午後の小児科外来に行くの、忘れるなよ」

　鷹央に促され、親子は立ち上がり、ためらいがちに出口へと向かう。母親の表情は狐《きつね》につままれたかのようだった。まあ、それも当然だろう。数ヶ月も原因不明だった症状が、わずか数分で診断されたのだから。

「お疲れ様でした」

　親子が出て行くと、僕は鷹央に言う。

「べつに疲れてなんかいないぞ。あんな簡単な診断をしたくらいで」

鷹央はことをなげに言う。僕は苦笑を浮かべることしかできなかった。

その〝簡単な診断〟を誰も下せなかったからこそ、あの親子は数ヶ月間も苦しんできた。ビタミンA過剰症など、そう見かける疾患ではない。これまでに診察してきた医師が診断できなかったのも無理はなかった。それをわずか数分で見抜くとは……。いろいろと問題のある人だが、相変わらずその診断能力は超人的だ。

「さて、午前の受診者はもういないな。少し早いけど昼休みにするか」

鷹央は小刻みに上下に揺れながら出口へと向かう。たぶんスキップをしているつもりなんだろうが、足を怪我《けが》した子犬のような動きだ。

「……ご機嫌ですね」

鷹央とともに診察室を出ながら僕は言う。

「べつにご機嫌なんかじゃないぞ」

鼻歌まじりに鷹央は答えた。この人は嘘をつくのが絶望的に下手だ。昨夜泥まみれになったのにここまで上機嫌だということは、よっぽど『カッパ』の謎が気に入ったのだろう。きっと、このあとも〝家〟に戻って、その謎と格闘するつもりなのだ。

「あ、先生、待ってください」

僕は屋上へと続く階段に向かう鷹央に声をかける。鷹央はなぜか片足をあげたままの体勢で固まると、「なんだ?」と振り返った。僕はすぐ近くにある病室を指さす。

「せっかく早く診察終わったんですから、昨日僕が入院させた患者の診察を済ませちゃいましょう」

ネコのような大きな目で数回まばたきをくり返した鷹央は、露骨に面倒そうに「あ、そんなのもいたな」とつぶやくと病室へと向かう。やはり、早く〝家〟に戻りたくてたまらないようだ。大股で病室の中へと進んでいく鷹央に僕も続いた。

四床ある病室の右手前にあるベッドに、昨日入院させた男が横になっていた。

「あ、ども」

男は僕を見て、首をすくめるように会釈《えしゃく》する。いかにも〝今時の若者〟といった風《ふ》情《ぜい》の男だった。日焼けサロンにでも通っているのか、十一月だというのに浅黒い肌をしている。いや、目のまわりの日焼けが薄いところを見るとスキー焼けか？　僕なんて医者になってからまともに旅行など行けていないのに、羨《うらや》ましいことだ。

「入院着を脱げ。診察する」

鷹央はベッドに近づいていくと、なんの前置きもなく言った。

「え、あの……この人、誰っスか？　看護師さん？」

「いや、看護師じゃなくて、僕の上司。統括診断部の部長だよ」

「部長？　この人が？」男はいぶかしげに鷹央を見ながら入院着を脱ぐ。

「体の痛みと腕の痺れだったたな」

鷹央はごつい時計をはめた男の浅黒い腕を打腱槌《だけんつい》で叩き、腱反射を調べはじめた。

「なにか最近、激しいスポーツとかしたか？　原因に心当たりはないか？」

「えっ、スポーツっスか？　……いやぁ、べつに。……先週スキー行きましたけど」

やっぱりスキー焼けだったか。嫉妬《しっと》を込めて僕が男を眺めていると、鷹央は突然振り返って僕を見た。

「あ、小鳥。明日、『雷桜』周辺の池の底をさらうことにしたから、つきあえよ」

「はい？」

診察中になにを言っているんだ？

「だから、久留米池の雷桜辺りの池底をさらって調べるんだ。カッパが棲んでいるなら、なにか出てくるだろうからな。脱皮した皮とか」

カッパって脱皮するのか？

「どうやって池の底なんてさらうんです？　いや、それよりまず診察……」

鷹央にはこういうところがある。なにか思いつくと、場の空気を読まずに突発的に行動を起こしてしまうのだ。

「専門の業者を雇うことにした。明日の昼にはできるらしい。かなり金はかかるけど、カッパがいる証拠を見つけられるなら安いもんだ」

「あの……カッパってなんスか？　俺の病気に関係あるんスか？」

男が不安げに訊ねてくる。それはそうだろう。診察していた医者がわけの分からないことを口走っているのだから。鷹央は思い出したように男を見下ろした。

「お前、最近女と激しい性行為して、そのあと、腕枕したか？」

「は？　え？　なに言ってるんスか？」

「ああ悪い、相手が女とは限らなかったな。相手が男でも良いから、最近激しい性行為と腕枕をしたか聞いているんだ。もししていたなら、原因はそれだ。すぐに退院して良いぞ」

鷹央はどこか楽しげに言う。男は十数秒沈黙すると、目を伏せながらためらいがちに口を開いた。

「……しました。二日前に彼女と」

マジかよ……。

「それなら筋肉痛はすぐに治る。神経障害も一ヶ月ぐらいで回復するだろうな。小鳥、すぐに退院の手続きを取ってやれ。私は〝家〟に戻っている」

振り返った鷹央はにやにやしながら、唖然《あぜん》としている僕に言う。分かったから、そのドヤ顔を引っ込めてくれ。

「明日じゃなかったんですか？」

暗闇《くらやみ》の中、濡れた地面に敷いたビニールシートから臀部《でんぶ》に伝わってくる冷たさに辟易《へきえき》しながら、僕はとなりで体育座りをしている鷹央に話しかける。

「ん、なんの話だ？」

鷹央は僕を見ることもせず、視線を固定し続ける。立ち並ぶ木々のすき間からのぞく、十数メートル先の『雷桜』に。

「だから、池の底をさらうのは明日だって言ってたじゃないですか」

カッパ釣りをさせられた翌日の深夜、なぜか僕は二日連続で久留米池公園に来て、茂みに身を潜めていた。僕は疲労を吐息に溶かしながら、左手首の腕時計に視線を落とす。遠くにある遊歩道の街灯の明かりがかすかに届くだけのこの場所では、顔から数センチのところまで時計を近づけないと針が読めない。二本の針は、文字盤の頂点で重なろうとしていた。間もなく日付が変わる。ここに来たのが二十時過ぎだから、すでに四時間近くもここに潜んでいることになる。寒さが骨身《ほねみ》に染《し》みた。

「今日来ないとは言っていないだろ」

「そうですけど……。いったい僕たちはなんで、こんな所で隠れているんですか？」

僕はこの数時間、何度もくり返した質問を口にした。

「だから何度も言っているだろ。カッパを待ち伏せしているんだ」

そう、鷹央は数時間前、業務が終わって帰ろうとしていた僕を「カッパ狩りに行くぞ」と拉致してここに連れてきたのだ。鷹央が本気でカッパの存在を信じているのか、それとも質問をはぐらかしているだけなのか判断がつかない。僕はこの数時間でどれだけついたか分からないため息の回数を一回増やした。

「……来たぞ」鷹央がささやくように言う。

「来たって、なにが、ぐふぉ……」

平手で叩《たた》きつけるように僕の口を塞《ふさ》いだ鷹央は、残った手の人差し指を立て、ゆっくりと前方に向けた。いったいなんなんだ？　僕は鷹央が指す方向に視線を向ける。

鷹央の手のひらの下で、僕の口からうめき声がもれた。

僕たちが潜んでいる場所と雷桜を挟んで反対側の茂みから、黒い影が這《は》い出した。僕の目はなんとか、暗闇に浮かぶいびつなシルエットを捉《とら》える。やけに細く長い四肢、背中に飛び出た筒状の物体、くちばしのように突き出た口元。その姿はまさに甲羅を背負った『カッパ』のように見えた。

『カッパ』はきょろきょろと周囲を見回すと、這うように池に近づいて行く。その顔の周辺で光がともる。次の瞬間、『カッパ』はおもむろに池の中に身を躍らせた。

『カッパ』の姿が水中に消えると鷹央は立ち上がり、わずかな躊躇《ちゅうちょ》も見せず池に近づいて行った。鷹央を一人にはできず、僕も池に近づくと、鷹央と並んで『カッパ』が消えた水中に視線を向ける。水面ではボコボコと細かい気泡がはじけていた。

「先生、いまのって……」

「見ただろ、あれが『カッパ』だ」

「カッパって……。あの、それで……これからどうします?」

「なに言ってるんだ。カッパ狩りにきたんだぞ、捕まえるに決まっているだろ」

混乱する僕に向かって鷹央は言い放つ。

「捕まえるってだれが?」

聞かずとも答えは分かっていたが、それでも質問せずにはいられなかった。

「お前に決まっているだろ」

「できるわけないでしょ!」

「大丈夫だ。得意の空手があるだろ。体格でもお前が圧倒している」

鷹央はバンバンと僕の背中を平手で叩く。

たしかに大学時代の六年間、空手の稽古《けいこ》に明け暮れたが、それはあくまで人間を相手に想定したものだった。牛や熊《くま》と戦った空手家はいても、カッパを相手にした空手家など聞いたことがない。

さらに反論を口にしようとしたところで、ボコッという一際《ひときわ》大きい音が鼓膜を震わせた。身を固くした僕は、闇がたゆたう水面に視線を向ける。のぼってくる泡が大きくなっている。水中から光が見えてきた。『カッパ』が浮上してきている?

「戻ってくるぞ」鷹央がかすかに緊張をはらんだ声で言う。

池の中からこちらに向けて光が放たれる。それほどの光量ではないが、暗闇に慣れた目にはそれでも刺激が強かった。

水中に影が見えはじめる。最初に見えてきたのは円盤状の物体だった。

皿？　僕は細めた目をこらす。たしかにそれは〝皿〟だった。直径二十センチぐらいの皿を手にした黒い影が、逆光の中しだいにはっきりと見えてくる。

あれが有名なカッパの皿？　けれどカッパの皿は手ではなく頭についているものではないのか？

水中から伸びた黒い手が岸をつかむ。僕は無意識に膝《ひざ》を曲げ、重心を落として臨戦態勢をとった。

水音とともに上陸した『カッパ』は一度体をびくりと震わせると、ゆっくりと顔を上げた。その顔から放たれる光に目がくらむ。

次の瞬間、『カッパ』が右手に持った皿を振りあげ飛びかかってきたのを、まぶしさに細めた僕の目がなんとか捉えた。皿が僕の側頭部に向かって振り下ろされる。

考える前に体が勝手に反応した。振り下ろされてきた手を左前腕で受け止めると、僕は『カッパ』のみぞおちに向かって中段正拳突《せいけんづ》きをたたき込んだ。拳頭に内臓がひしゃげる感触が伝わって来る。

『カッパ』はくぐもった呻《うめ》き声をあげながら崩れ落ちた。その手から皿がこぼれ、口元から〝くちばし〟が剝《は》がれ落ちる。

顔に向かって放たれていた明かりが逸《そ》れ、ようやく『カッパ』の全身をはっきりと見ることができた。僕の口から「え……？」という戸惑いの声が漏れる。

「やり過ぎな気もするけど、まあ相手から殴りかかってきたから正当防衛だな」

全身を覆う黒いウェットスーツを着込み、酸素ボンベを背負ったダイビング姿の男を見下ろしながら、鷹央は上機嫌に言った。

＊

『カッパ』の正体はダイバーだった。〝くちばし〟はレギュレーター、〝甲羅〟は酸素ボンベ、〝光る巨大な目〟は額につけたヘッドランプで、全身を包むウェットスーツが黒い皮膚のように見えていただけだった。

いったいどういうことなんだ？　こいつはなんで深夜の公園でダイビングをし、僕を見て殴りかかってきたんだ？

腹を押さえて倒れる男を見下ろしながら、僕は混乱した頭を振る。隣では鷹央がコートのポケットからスマートフォンを取り出し、誰かに電話をしていた。

「ああ……、そうだ。……そう、『雷桜』のところだ。ああ……すぐに来い」

「誰に電話したんですか？」

「成瀬《なるせ》だ。近くで待たせてあった」

「……成瀬刑事を待機させていたんですか」

成瀬隆哉《りゅうや》はこの周辺の所轄《しょかつ》である田無《たなし》署に勤める、僕と同年代の刑事だ。僕が天医会総合病院に赴任してすぐの頃に院内で起きた、『宇宙人に誘拐された』と訴える男が犯した殺人事件、それを鷹央が解決した際に捜査に当たっていたのが成瀬だった。その事件で顔見知りになって以来、犯罪がらみの事件に関わると、きまって鷹央はいように成瀬を利用しようとする。鷹央に関わる度に、あごで使われる屈辱と、鷹央が解決した事件を自分の手柄にできるというメリットの間でゆれ動く、悩み多き男。

「ああ、ぶつぶつ言っていたけど、この男を逮捕できるって言ったら話に乗ってきた」

鷹央はしゃがみ込むと、腹を押さえてうめき声を漏らす男の顔をのぞき込む。

「逮捕？　あの、そもそもこの人、誰なんです？」

「なに言ってるんだ、十二時間二十八分前に会っているじゃないか」

そう言うと、鷹央は倒れている男に近づき、その顔から無造作にヘッドランプごとゴーグルを剥ぎ取った。若い男の浅黒い顔が、わきに転がったヘッドランプの光に照らされる。

「え……？　君は……」

男の顔を見て言葉を失う。たしかに僕はその男を知っていた。

昨日僕が入院させ、昼に鷹央が退院させた、全身の痛みと腕の痺《しび》れを訴えていた男。

「潜水病だ」鷹央が唐突に言う。

「え、なんですか？」

「この男の痛みと痺れの原因だよ。『潜水病』、ダイビングなどが原因で起こる減圧症だな。潜水中に血中に溶けこんだ窒素が、急浮上などで周囲の圧力が急速に低下することによって体内で気泡化し、障害を起こす。症状はベンズ症状と呼ばれる四肢の関節痛や筋肉痛を筆頭に、痺れ、筋力低下、めまい、難聴、耳鳴り、呼吸困難、胸痛、発疹《ほっしん》など様々だが、多くのケースに痺れなどの神経症状を認める。簡単に言えば体内でできた『泡』による障害だな」

鷹央は立ち上がると、『潜水病』の知識を朗々と語り出す。

「今朝この男を診察した時、すぐに潜水病を疑った。この男、顔や手の甲はかなり日焼けしているけど、体はそれほどでもない。そして目のまわりも日焼けが弱い。ウェットスーツを着てゴーグルをつけた状態で日焼けしたからだ。スキーじゃなく、海外でダイビングでもしたんだろうな。ついでに言えば、腕時計もダイバーがよく使う完全防水で、かなりの水圧にも耐えられるやつだった」

診察の時、そこまで見ていたのか。

「潜水病の診断は本来簡単だ。問診でダイビングしたことをつきとめれば良いんだからな。逆に言うと、患者がそれを話さないと、検査だけでは診断はまず不可能だ」

鷹央は足元に倒れる男に視線を向ける。

「今朝、私はこの男に『最近、激しいスポーツとかしたか？　原因に心当たりはないか？』って聞いた。けれどこの男はダイビングのことを一言も言わなかった。そこで私は気づいたんだよ、この男こそ『カッパ』の正体で、事件の犯人かもってな」

鷹央は『ＱＥＤ』とでもいうかのように、人差し指を立てた左手をふった。

「あの……潜水病は分かりましたけど、……事件って？」

満足げに胸をそらす鷹央に、僕はおずおずと訊ねる。鷹央はなにやらすべてを説明した気になっているようだが、少なくとも僕には状況がまったくつかめていない。

「……お前、バカか？」

これ見よがしにため息をつくと、鷹央はしゃがみ込み、男の手からこぼれ落ちた皿を手にとる。それは池の底にあったためか、泥と薄く張った藻で汚れていた。

人差し指を立てると、鷹央は皿の表面を強めにこすった。汚れが削《そ》ぎ取られ、その下から暗い中でもはっきりと分かるほどの光沢があらわれた。金色の光沢が。

「それって、もしかして金の……」

「ああ、うちにメールで相談があった件だ。相談してきた奴《やつ》に今日電話して聞いたら、七日前の深夜にリビングの窓を割られて、こそ泥に入られたってことだった。警報装置が鳴ったんで犯人はすぐに逃げ出したが、その際にリビングに飾ってあった純金製の食器をいくつか盗んでいったらしい。まったく、食器は飾るもんじゃなくて飯をのせる物なのにな。そのあと、住人からの通報を受けた警察によってすぐに周辺の捜査が行われた。食器はそれなりの荷物になる。そのままでは見つかってしまうかもしれないと思った犯人は、食器を隠そうとした。目印がある場所にな」

僕はそばにある雷桜を見上げた。

「そうだ。ここはこそ泥に入られた家からそれほど離れていない。犯人はまずこの公園に逃げ込んだ。そして、これだけ目立つのにほとんど人が近づくことのない『雷桜』に目をつけ、ほとぼりが冷めてから回収するつもりでその根元に食器を埋めて隠した。悪くない判断だ。けれど誤算があった」

「この前の集中豪雨ですね」

ここに至れば、察しの悪い僕にも事件の全容が見えてくる。

「ああ、この前の豪雨で、雷桜の根元は埋めておいた食器ごとえぐられた。お宝は池の底だ。この池の水深は二十メートルを超える。普通ならここで諦《あきら》めるところだ。けれど、ダイビングに自信のあったこの男は潜水して回収することにした」

まだ腹を押さえて倒れている男は、鷹央を見上げ唇を噛《か》む。

「そこで次の誤算だ。ちょうどこいつが潜水しているときに小学生が肝試しにやってきて、池に懐中電灯を落としてしまった。水中で光に照らされたこいつはパニックになり、おもわず急浮上をしてしまった。それが原因で体内で窒素の気泡が生じ、潜水病になったんだ。最初はがまんしていたけれど、症状が改善しないんで不安になって救急車を呼んだんだろうな。そうしてこいつはうちの病院に搬送されたんだ」

歌うように鷹央はしゃべり続ける。昼にこの男を診察した時、鷹央は事件の真相に気づいたのだろう。そして、明日池の底をさらうとデマを口にしたうえで退院をうながし、今晩この男がここに来るように仕向けた。相変わらず恐ろしいまでの頭の回転速度だ。

「さて、なにか反論はあるか？」

話し疲れたのか大きく息を吐くと、鷹央は男に向かって言った。鷹央を見上げる男の表情筋は弛緩《しかん》しきっていて、推理が完全に正しかったことを如実《にょじつ》に物語っていた。

次の瞬間、男はばね仕掛けのおもちゃのように勢いよく立ち上がると、茂みに向かって走り出した。さすがに腹のダメージも抜けていたらしい。

慌《あわ》てて僕が追いかけようとした時、壁に衝突したかのように男がはね返ってきた。

「……この男が先生の言っていた犯人ですか？」

茂みの奥からのっそりと田無署の刑事、成瀬の熊のような巨体があらわれる。成瀬は倒れている男の腕を摑《つか》むと、強引に立ち上がらせた。

僕の正拳をくらったり成瀬にはね飛ばされたりと、不幸な犯人だ。

「ああ、そうだ。その男が悪趣味な食器を盗んだ犯人だよ」

鷹央は腕を摑まれたままがっくりとうなだれる男に近づき、下から睨《ね》め上げる。

「おとなしく逮捕されて、しっかり高圧酸素療法を受けるんだ。それほどひどい潜水病じゃないから、後遺症なく完治できると思うぞ。よかったな」

＊＊＊

「そう言えば成瀬さんから聞きました？　あの犯人、自供を始めたらしいですね」

「ふぁんにん？　だふぇのこほだ？」

リスのように頰を膨らませた鷹央が、もごもごと口を動かす。

「口に食べ物を詰めたまましゃべらないでくださいよ。あれですよ、『カッパ』の男」

「ああ、そんな奴もいたな」

事件が解決してから数日後、昼休み中の僕はサンドイッチを片手に、鷹央の〝家〟でパソコンの前に座っていた。背後では、ソファーに座った鷹央がカレーライスをぱくついている。超偏食の鷹央は基本的にカレーか甘味以外は口にしない。

「幸太君からお礼のメールが来ていますよ。カッパはいなかったけど、おかげで嘘つきの汚名が晴れたって。先生のこと天才だって書いてありますよ」

茶化すように言うと、唇の端にカレーをつけた鷹央は不思議そうに首をかたむける。

「私が天才なのは当然だろ。わざわざ指摘する必要はないぞ」

苦笑しながら肩をすくめる僕をどこか不愉快そうに一睨《ひとにら》みすると、鷹央は唇を尖らせながら手元を凝視する。

「どうかしました？」

「いや、やっぱり特別な皿で食べてもカレーの味は変わらないな。持ち主から『お礼に』って押しつけられたけど、やっぱり返すかな」

カレーが盛りつけられた黄金に輝く皿をまじまじと見つめながら、鷹央はつぶやくのだった。

Karte.02 人魂の原料

眼前に伸びる暗い廊下を眺めながら、佐久間千絵《さくまちえ》はぶるりと体を震わせる。

午前三時過ぎの天医会総合病院八階西病棟。非常灯以外の照明が落とされ、闇《やみ》と静寂に満ちたそこは、ホラー映画のワンシーンのような雰囲気をかもし出していた。

千絵は汗がにじんだ手で懐中電灯を強く握る。夜勤の経験はある。しかしこれまでは、教育係の先輩看護師と終始行動をともにし、今日のように一人で病棟の見回りをすることはなかった。

誰かと一緒にいるのと一人とでは、これほどまでに恐怖感が違うのか。このままきびすを返して、蛍光灯の白い明かりで満たされたナースステーションに戻ってしまいたいという衝動に襲われる。

だめだ、なにを考えているんだ。千絵は細かく顔を振り、頭に湧《わ》いた考えを振り落とす。ステーションに戻っても誰がいるわけじゃない。一緒に夜勤をやっている先輩看護師は、一人は三十分ほど前から仮眠休憩に入り、もう一人はもうすぐ救急部からこの病棟に入院する患者の情報を集めに、救急室に行っている。それに、私はもう一人前の看護師だ。新人看護師としてこの病院に入職して七ヶ月、ようやく指導係なしで夜勤をまかされるようになった。夜の病棟が怖いなんて、子供のようなこと言っていられない。

昔から霊感が強い方だった。深夜、なにかの拍子に目が覚めたりすると、部屋の中に誰かがいる気配を感じ、頭から布団《ふとん》をかぶって一晩中震えていたりした。友達に誘われて参加した肝試しでは、いつも途中で腰を抜かし、泣きながら動けなくなった。そのころを知る友人たちは、千絵が看護師になったことを知ると決まって心配した。病院で恐ろしい怪談を聞いて、仕事ができなくなるんじゃないかと。

たしかにこの病院に入職してから、怪談はいくつも耳に入ってきた。『霊安室から消える死体』『屋上に棲《す》む座敷童《ざしきわらし》』『深夜の病棟に漂う人魂《ひとだま》』『無人の病室から聞こえるすすり泣き』など、ベタなものをいくつも聞かされ、そのたびにそんな子供だましの与太話などくだらないと、自分に言い聞かせてきた。

しかし、人の生死が交錯する病院という場所は、その与太話に恐ろしいまでの現実味を与える。深夜の病棟に漂う瘴気《しょうき》が恐怖をかき立てた。

千絵は軋《きし》むほどに奥歯を嚙《か》みしめ、廊下を進んでいく。廊下の中ほどにある病室の前に来たところで、千絵は足を止めた。夕方の申し送りで、この病室に入院している患者の状態が芳《かんば》しくないので、注意するようにと言われていた。千絵は少し躊躇《ちゅうちょ》したのちに部屋に入る。廊下側の入り口から入ると、左右が少し奥まっていて、右手には洗面台が、左手には患者用のトイレがあった。さらに二メートル程進むと、病室への入り口がある。千絵は足音を殺しながら室内へと入った。この病室にある四床の入院ベッドのうち、三床に患者が入院していた。状態が悪いのは、奥のベッドに入院している肝臓疾患の患者二人だ。

病室の奥まで進んだ千絵は、カーテンを少し引き、患者の様子をうかがっていく。窓から差し込む月光が、静かに寝息を立てている患者たちの顔を薄く照らし出していた。千絵が様子を見た二人とも、目を閉じ、静かに寝息を立てていた。特に異常はなさそうだ。

千絵は細く息を吐く。患者の顔を見たことで大分落ち着いた。たしかに暗くて気味が悪いが、べつに廃病院に一人迷い込んだわけではない。何十人という人々がこの病棟にはいるのだ。そう考えると、恐怖も和らいでくる。

さあ、早く見回りを終えて、朝の採血の準備でもしよう。明日はかなり採血オーダーが入っていたはずだ。そういえば……。

「そういえば、この部屋のみんなも明日の朝、検査あるんだっけ」

つぶやきながら病室を出た千絵は、自分の手のひらが汗でじっとりと湿っていることに気づき、すぐわきにある洗面台で手を洗おうとする。しかし、蛇口の取っ手には『故障中　使用禁止』と書かれた張り紙がしてあった。

ああ、今日の午後に配管が詰まったから、明日業者が修理に来るって言っていたっけ。一瞬、背後にある患者用のトイレで手を洗おうかとも思うが、そこまでするほどではないと思い直す。

「……しかたないか」

そう小さく独り言を口にした瞬間、視界の隅に動くものを感じ、千絵は慌てて首を回す。洗面台と病室を仕切る壁に取り付けられた大きな鏡、そこに自分の姿が映り込んでいた。この病院では、車いすに座った患者でも近くで鏡がつかえるように、洗面台の正面だけでなく側面にも鏡が取り付けられている。

胸をなで下ろし、大きく息を吐いた千絵は、手を洗うかわりに各病室の入り口に備えつけられているスプレー式の消毒薬を両手に吹きかけると廊下に出た。

数分かけて、ゆっくりと病室をのぞきながら廊下を一番奥まで進んでいく。慣れてきたのか、恐怖は薄くなってきていた。

あともう少しで見回りも終わりだ。千絵がそう思った瞬間、周囲がかすかに明るくなった気がした。反射的に振り返った千絵の口から、言葉にならない声が漏れる。

遠くに見える病室の入り口辺りに、青い炎がゆらゆらと漂っていた。

廊下が淡く、幻想的な色に照らし出される。

『深夜の病棟に漂う人魂』

以前聞いたその噂《うわさ》が頭によみがえる。

幻覚だ。きっとこんなもの幻覚に決まっている。立ち尽くした千絵は、自分にそう言い聞かせながらまばたきをくり返す。しかし、何度まぶたが眼球の上を通過しても、青い炎は浮かび続けていた。

まるで下半身が消え去ったかのような感覚に襲われる。千絵がその場に崩れ落ちるのと同時に、青い炎は消え去った。

「いやぁぁあー！」

頭を抱えた千絵の叫び声が、深夜の病棟にこだました。

1

「小鳥《ことり》先生、噂聞いてます？」

「……小鳥じゃない、小鳥遊《たかなし》だ」

僕は視線を上げ、電子カルテのディスプレイの上からこちらをのぞき込んできた一年目の研修医、鴻ノ池《こうのいけ》舞《まい》を軽くにらむ。

「知ってますってぇ、小鳥先生」

「……知ってるなら、ちゃんと本名で呼んでくれ」

「えー、いいじゃないですか、小鳥って可愛《かわい》いし」

「全然理由になってないじゃないか……」

最近、僕、小鳥遊優《ゆう》は一部の研修医やナースたちから、『小鳥先生』と呼ばれるようになっていた。上司であり、そのあだ名をつけた張本人でもある天久鷹央《あめくたかお》に〝小鳥〟と呼ばれることについてはもう慣れた、と言うか諦《あきら》めたのだが、これ以上このあだ名が拡散することは防ぎたかった。

「で、そんなことより、噂聞いてます？　小鳥先生」

鴻ノ池はディスプレイの上部に手をつくと、身を乗り出してくる。どうやら意地でも〝小鳥〟で通すらしい。僕は諦めのため息をつく。

「噂ってなんだよ？」

「出るんですってよ」

「出るってなにが？」

さっきから鴻ノ池の言葉には主語がなくて、なにが言いたいのか分かりづらい。

「……これですよ」

鴻ノ池は両手を胸の前に持ってきて、手首から先をだらんと垂らした。

「これって……犬？」

声をひそめる鴻ノ池の前で、僕は首をひねる。両手首を垂らした鴻ノ池の姿は、〝ちんちん〟をしながら餌《えさ》をねだる犬にしか見えなかった。

「なに言ってるんですか！　幽霊ですよ、幽霊！」

鴻ノ池は不満げに頬を膨らませた。

「はあ？　幽霊？」

「そうです。八階病棟で最近、夜に幽霊が出るって噂なんです。なんでも、ナースが人魂を見たとかって」

鴻ノ池は手首から先を垂らしたまま、おどろおどろしい口調で言う。

「人魂？　なに馬鹿《ばか》なこと言ってるんだよ、子供じゃあるまいし。仕事中だろ」

「仕事って、なにもすること無いじゃないですかぁ」

鴻ノ池は救急室全体を見回しながら肩をすくめる。その言葉通り、救急処置室の三つの処置台、そして救急外来にある五つのベッド、そのすべてが空だった。ひとたび重症患者が搬送されれば戦場と化す救急部だが、患者が搬送されなければ仕事がない。一時間ほど前に運ばれて来た虫垂炎の患者を外科に引き継いで以来、患者の搬送はなく、手持ちぶさたな状態が続いていた。

「だからって怪談なんて……」

「先生、怪談嫌いなんですか？　怖いの苦手？」鴻ノ池は挑発するように言う。

「病院の怪談なんかに興味がないだけだよ。もう五年以上も医者やっているけど、幽霊なんて見たことないしな」

僕が興味なさげに言うと、鴻ノ池は桜色の唇を尖《とが》らせた。

「そんなつまらないこと言わないでくださいよ。なんか半月ぐらい前に、新人ナースが夜中の病棟で見回りしていたら、青い炎を見たんですって、それで……」

鴻ノ池は笑顔で語りはじめる。これだけ『興味がない』とアピールしているにもかかわらず、話すのをやめる気はないらしい。

「……そしてナースがおそるおそる振り返ると、そこには蒼白《あおじろ》く燃える人魂が！」

鴻ノ池は身を乗り出し、目を見開いた。その迫力に思わずのけぞってしまう。

「ね、気になるでしょ」

「ならないって」

語り終えた鴻ノ池は、救急部のユニフォームに包まれた胸をそらす。

「えー、先生、つまらない。そんなつまらない男、もてませんよ」

「ほっとけ！」

なんだか頭痛がしてきた。先月まではもっと礼儀正しく接してきていたのに、救急部で何度か顔を合わせるうちに馴《な》れ馴れしくなってきた。しかも、てっきり誰に対しても慣れるとこういう態度をとるのかと思いきや、他の先輩医師に対しては普通に礼儀正しく対応している。たんに僕がなめられているということなのだろう。僕が唇をへの字にしていると、鴻ノ池は胸の前で柏手《かしわで》でも打つかのように両手を合わせた。パンっという小気味よい音が響く。

「あ、先生はべつにもてなくてもいいのか……。彼女いるし」

「は？　彼女？　なんだよ、それ？」

僕は眉《まゆ》をひそめる。残念ながらこの数年、恋人はいなかった。この病院に赴任する前、大学病院に勤めていた頃は、毎日の勤務が忙しすぎてそんな余裕はなかったし。この天医会総合病院に来てからは、旺盛《おうせい》な好奇心にまかせてわけの分からない事件に首を突っ込みまくる上司に振り回され、これまた恋人を作る余裕などなかった。

「またまたそんな、誤魔化さないでくださいよ。分かってるんだから」

鴻ノ池は滑るように僕のそばに移動すると、にやにやしながら肘《ひじ》で脇腹《わきばら》をつついてくる。いったいなんなんだ？

「可愛い恋人がいるじゃないですか。……屋上に」

屋上？　無意識に天井に視線が向く。この病院の屋上には……。そこまで思考を走らせた瞬間、目の前が真っ白になった。僕は勢いよく椅子《いす》から立ち上がる。

「違う！」

「へ？　違うってなにが？」

僕の剣幕に後ずさりしながら、鴻ノ池はまばたきをくり返す。

「鷹央先生と僕はそんな関係じゃない！」

僕の上司、天久鷹央は、自らの父親が理事長を務めるこの病院の屋上に〝家〟を建て、そこに住み着いて、と言うか棲み着いている。

「違うんですか？　小鳥先生、よく鷹央先生の家に出入りしているし……」

「あそこは統括診断部の医局も兼ねているんだ。しかたないだろ」

「けど、いつも二人で行動しているし」

「統括診断部のドクターは二人だけなんだよ」

他人と接することが極度に苦手な鷹央のサポートこそ僕の仕事なのだ。診療中でも、鷹央がむやみやたらと首を突っ込む事件の際も。

「えー、本当に恋人同士じゃないんですかー？　困ったなぁ」

鴻ノ池はこめかみをこりこりと掻《か》く。

「困ったって、なにが？」

「小鳥先生と鷹央先生が恋人同士だって、研修医の間に噂流しちゃったんですよ」

「……名誉毀損《きそん》で訴えるぞ」

「いやまあ、そんなことはどうでもよくってですね」

「どうでもいいって……」

本気で弁護士に連絡した方が良いだろうか？　最近、ちょっといい雰囲気になっている病棟の若いナースの耳にそんな噂が入ったりしたら、久しぶりに訪れるかもしれない人生の春が遠のいてしまう。

「『人魂』の話を彼女……じゃなかった、鷹央先生に教えてあげて下さいよ」

「鷹央先生に？　なんで？」

「鷹央先生ってその手の話、好きでしょ？　喜んでくれるかなーって思って」

鴻ノ池が幸せそうにはにかむ。今月の初め、この救急室で鷹央が二人の詐病《さびょう》患者を瞬《また》く間に見破って以来、鴻ノ池は鷹央のファンを公言している。つまり鴻ノ池は、鷹央に喜んでもらうため、怪談を僕経由で鷹央に伝えたいということらしい。

僕は大きくため息をつく。たしかに鷹央がいまの話を聞いたら喜ぶだろう。小さな頭に膨大な知識と無限の好奇心をつめこんだ彼女は、常にその高性能の脳を使う機会を欲している。この『人魂』の件も喜び勇んで首を突っ込むに決まっていた。

「伝えたいなら、自分で言えばいいだろ。なんでわざわざ僕を通すんだよ」

「えー、だって憧《あこが》れの鷹央先生と直接話すなんて、恥ずかしいじゃないですか。実は私、将来鷹央先生みたいなドクターになるのが夢なんです」

頼むからやめてくれ、まわりが苦労する。

「分かった分かった。伝えておくよ」

僕は手のひらをひらひらと振る。当然、鷹央にいまの話を伝える気などなかった。

「けれど、連絡係に使われるとはね。この頃、適当に扱われはじめてる気がするんだよな。研修医とかナースに『小鳥先生』とか呼ばれること増えてるし……」

僕が愚痴をこぼしはじめると、鴻ノ池は黒板に描かれた問題が解けた小学生のように、勢いよく片手を上げて笑顔をつくる。

「あ、それ広めてるの私です。思いのほか広がってて満足」

「……法廷で会おう」

2

「……疲れた」

屋上にある四畳半ほどの大きさのプレハブ小屋に入ると、僕は大きく伸びをする。

ここが僕のデスクだった。普通の医師のデスクは、各科の医局が集まっている三階にあるのだが、僕が所属する統括診断部だけは医局が屋上に存在しているので、デスクも屋上に建てられたこの安っぽいプレハブ小屋に置かれていた。僕は窓の外の建物を見る。僕のいるこの小屋とは対照的に、高級感がただよう造りの鷹央の〝家〟がそこには建っていた。

僕はカーテンを閉じると首をごきごきと鳴らした。体の芯《しん》に重い疲労を感じる。きっと鴻ノ池にいじられたせいだろう。早く家に帰って体を休めよう。

救急部ユニフォームの上着を脱いで私服に着替えはじめた瞬間、背後で少々たてつけの悪い扉が軋みをあげた。

「仕事は終わったか？」

驚いて振り返ると、薄緑色の手術着の上にややサイズが大きすぎる白衣を纏《まと》った小柄な女性が、入り口に立っていた。

天久鷹央。統括診断部の部長、つまりは僕の上司。そして、何度言ってもノックを覚えない女。

「ああ、着替え中だったのか。そりゃ悪かったな。さっさと着替えろ」

「いや、着替えますから、とりあえず外で待っていて下さいよ」

「なんでだ？」鷹央は不思議そうに小首を傾《かし》げる。

「なんでって……」

「安心しろ。私はお前の裸なんかに興味はない。男の裸なんて見ても楽しくないな」

「いや、そういう問題じゃ……」

女の裸なら興味あるのか？　僕はあわてて私服の上着の袖《そで》に腕を通した。

「それで、なんの用ですか？」

わざわざ鷹央がここに来たということは、きっとまた、ろくでもないことに付き合わせる気なのだろう。

「ズボンは穿《は》き替えなくていいのか？」

「なんで先生の前でストリップしなくちゃいけないんですか？」

「ん？　なんだお前、ストリップするつもりなのか？　けれど、私はお前の裸踊りなんかに金は払わないぞ」

「……その話はもういいですから、いったいなんの用なんですか？」

「小鳥、今晩暇か？」

「え？　今晩ですか？　いえちょっと用事が……」

「怪談を聞きにいくぞ。ついてこい」

なんとか今晩の予定を捏造《ねつぞう》しようとする僕の言葉をさえぎって、鷹央は楽しげに言う。こっちの予定をかんがみる気がないなら、わざわざ尋ねないでくれ。

「怪談……ですか？」

いまは十一月、季節は秋だ。怪談は夏と相場が決まっている。僕が首をひねると、鷹央は少々カールのかかった長い黒髪を顔の前に垂らし、両手を胸の前に持ってきて、手首から先をだらりと下げた。このポーズ、ついさっき見たような……。

「そうだ。聞いて驚くな、なんとこの病院でな……『人魂』が出るんだってよ」

鷹央がおどろおどろしい口調で言った瞬間、脳裏で鴻ノ池がにやりと笑った。

「鷹央先生、もう人魂の噂を知っていたんですね」

鷹央とともに病棟への階段を降りながら、僕はぼやく。結局、僕は鷹央の言う『怪談』とやらを聞きに行くはめになっていた。まったく、自分の押され弱さが嫌になる。

「……『もう』？　お前、人魂の話、前もって知っていたのか」

鷹央はネコのような大きな二重《ふたえ》の目をすっと細めた。失言に気づき、僕は頰を引きつらせる。こんな鷹央の食いつきそうなネタを隠していたと知れたら、あとでなにをされるか分かったものじゃない。

「いえ、あの、ついさっき救急室で研修医に聞いたんですよ。もちろん、明日にでも先生に教えようと思っていましたよ」

「……八階西病棟の看護師長から相談があったんだよ。新人ナースが『人魂を見た』って怯えているから、話を聞いてくれってな」

しどろもどろで言い繕う僕に湿度の高い視線を浴びせかけながら、鷹央はつまらなそうに言う。ああそうだった。子供時代から当時院長を務めていた父親に連れられこの病院に入り浸っていた鷹央は、病院中に個人的な情報網を張り巡らせていた。一年目の研修医の耳に入っているような噂が、そのクモの巣のような情報網に引っかからないわけがないのだ。

話をしているうちに、僕たちは八階病棟に到着した。

「たしか八階病棟って……内科病棟でしたっけ？」

「ああ、呼吸器、消化器、腎臓、膠原病《こうげんびょう》内科なんかの患者が入院している。自分の勤めている病院なんだから、それくらい知っておけよ。回診で時々来てるだろ」

統括診断部には、部長である鷹央の驚異的な診断能力を頼ろうと、病院中から診察依頼が舞い込む。そのため統括診断部は週二回、病院中を回って依頼のあった患者の回診を行っていた。

看護師が忙しそうに行き交う廊下を僕が眺めていると、鷹央は階段わきにある引き戸を開けた。『病状説明室』。患者との面談などに使う四畳半ほどの小さな個室だ。

机とパイプ椅子、そして電子カルテのディスプレイだけが置かれた殺風景な部屋に、ナース服姿の若い女性が座っていた。僕たちが部屋に入ると、彼女は慌てて立ち上がる。小柄で華奢《きゃしゃ》な女性だった。おそらく体格は鷹央と同じぐらいだろう。幼さの残る化粧っけのない顔は、なんとなくリスを彷彿《ほうふつ》させた。あまり察しのいい方ではない僕でも、彼女が誰なのか見当がついた。この看護師こそ『人魂』の目撃者なのだろう。

「待たせたな。それじゃあ話を聞こうか」

パイプ椅子を引いて看護師の対面《たいめん》に腰かけると、鷹央はなんの前置きもなくそう言う。しかし、その口調は僕に話しかける時よりいくらか優しげに聞こえた。この人、結構女性には甘かったりするんだよな。特に若くて可愛い女性には。

「あの……、えっと……佐久間千絵です。四月からこの八階西病棟に配属され、看護師をやっています。今日はわざわざお時間をとって下さりありがとうございます」

千絵と名乗った看護師は深々と頭を下げる。

「それで、お前は『人魂』を見たんだな？」

鷹央が質問した。千絵は小さくうなずくと、上目づかいに視線を送ってくる。

「はい、夜勤の時に病棟の廊下で青い炎が上がって……」

その時のことを思いだしたのか、千絵はぶるりと体を震わせた。

「あの、それって、見間違いって可能性はないのかな？」

早くこの茶番を終わらせたくて、思わず口を挟んでしまう。隣から鷹央がにらんでくるが、気づかないふりを決め込む。

「見間違えなんかじゃありません！」千絵は身を乗り出し、強い口調で言った。

「け、けれどね、一度しか見てないんだから、もしかしたら……」

「一度じゃ……ないんです」千絵は下唇を嚙みしめる。

「一度じゃない？」

「はい。これまで三度……二週間前に最初に『人魂』が出てから、夜勤をするたびに、……『人魂』を見ているんです」

「三回も？」

「お前以外に『人魂』を見た奴《やつ》はいるのか？」

眉をひそめる僕に代わって、鷹央が訊《たず》ねる。千絵は悲しげに顔を伏せた。

「いえ……私だけです。だから、誰もまともにとりあってくれなくて。夜勤は怖いけど、私だけやらないわけにはいかないし……。今日もこれから夜勤の予定で、どうしていいか分からなくなって……、師長に相談したら、鷹央先生を頼れって……」

そこまで言ったところで、千絵は言葉を詰まらせ肩を震わせはじめる。僕はうろたえてしまい、千絵と鷹央の間で視線を反復横跳びさせることしかできなかった。

「夜勤をすると『人魂』が出る。……そして今日がその夜勤」

鷹央はぶつぶつとつぶやくと、にやりと笑った。僕の頭の中に警告音が鳴り響く。

「小鳥！　今夜は肝試しだ！」

鷹央は立ち上がると拳《こぶし》を突き上げ、楽しげに言った。


「……と言うわけで、人魂についての記載は古くは万葉集にまでさかのぼれる。基本的に死者の魂が、炎をまとってさまようものと思われている。科学的な説明としては可燃性のガスが燃えた炎を見たという説が有力で、死体に含まれるリンが……」

「あの……先生」

椅子に腰掛けた僕は目をこすりながら、ベッドの上であぐらをかいて、ひたすら

『人魂』についての説明をする鷹央の言葉を遮る。鷹央はじろりと僕をにらむと、不機嫌そうに唇を尖らせた。

「なんだよ？　気持ちよくしゃべってたのに。最後まで話させろよ」

あなたの場合、〝最後〟なんてないでしょうが。僕は内心でつっこみを入れる。古今東西ありとあらゆる種類の書物を読みあさり、そこに含有された知識を小さな頭の中につめこんだ鷹央は、一度スイッチが入ると延々と知識を垂れ流しはじめる。たとえ数十分かけて『人魂』についての知識を吐き出したとしても、すぐにそれに関連する知識について述べはじめることだろう。

「本当にここまでする必要あるんですか？　なにもこんなところで待たなくても」

六畳ほどの空間に、ベッドと椅子と床頭台だけが置かれた室内を僕は見回す。

「しかたないだろ、空いている個室はここしかなかったんだから」

「いえ、ですから、わざわざ病棟の個室で待たなくてもいいんじゃないかと……」

そう、僕と鷹央はいま、八階西病棟の個室病室にいた。しかも時刻は深夜二時近くだ。数時間前に千絵の話を聞いたあと、僕と鷹央は一度解散し、そして日付が変わる頃に再び集まって、この病室にこもったのだ。目的はもちろん『人魂』の観察。「明日は朝一番から一日中外来なんだから、ちょっときついんじゃ……」という僕の反対意見は、鷹央に軽く黙殺されていた。

「あのナース以外に『人魂』を見た奴はいない。と言うことは、『人魂』を見るためには、あいつが夜勤の時に隠れて観察するのが一番いいだろ」

鷹央は笑顔で、ベッドのわきに置かれた昆虫採集用の網を手にとる。

この人……、『人魂』を捕まえる気だ。

「先生は本気で信じているんですか？『人魂』なんて」

言ってしまってから後悔する。そんなこと聞くまでもないことだった。案の定、鷹央の大きな目が不機嫌そうに細められる。

「信じている？　どういう意味だ？　信じるも信じないも、話を聞いただけじゃ判断できないだろ。だからこうして実際に見てみようとしているんじゃないか」

そう、鷹央は自分の目で見たもの以外はなにも信じない。逆に言えば、『人魂』のような非現実的なことが〝無い〟とも信じないのだ。

「けど、いくらなんでも人魂なんて。一番考えられるのは……」

「……いたずらだな」鷹央はつまらなそうに言う。

「ええ、そうです。やっぱり先生もその可能性を考えていたんですね」

「当たり前だろ。すべての可能性を検討して、最後に残ったものが真実だ。どんな可能性も考慮する。いくら本物の人魂を見られて超嬉《うれ》しくても、検証もしないで盲信したりはしない」

そんなに嬉しいか？　人魂なんて。

「可能性としては本物の人魂、誰かのいたずら、あのナースの狂言が考えられるな」

鷹央は人差し指を立て、左右に揺らしながらつぶやく。

「狂言？」

「なに意外そうな声出してるんだ。『人魂』を見たのはあのナース一人だけなんだ。狂言の可能性だって十分にあるだろ」

「いや、でも、なんでそんなことする必要があるんですか？」

「理由なんて色々考えられるだろ。例えば、もうこの病院を辞めたいのに言い出せないから、お化けが怖いと言って辞めようとしているとかな」

「けど、さっき泣いていたのに……」

「あのな、女なんてみんな役者なんだよ。お前みたいな単純な男をだますためなら、涙の一つや二つ簡単に流せるんだ」

「……単純で悪かったですね」

あなただって女でしょ、一応。

僕たちがそんな話をしていると、唐突に扉が開いた。僕が反射的に振り返ると、扉の外で中年の看護師が目を丸くして僕たちを凝視していた。

僕と看護師の視線がぶつかる。数秒の沈黙のあと、看護師の顔にいやらしい笑みが広がっていった。

「あらあらあら、すみませんお邪魔しちゃって。空き部屋から話し声が聞こえたから。本当はだめなんですけど、鷹央先生なら文句言えませんね。ごゆっくり……」

含み笑いを漏らしながら、看護師はゆっくりと扉を閉めていく。

お邪魔しちゃって？　ごゆっくり？　看護師の言葉の意味が脳の奥に染《し》み込んできた瞬間、僕は眼球が飛び出しそうになるほどに目を剝《む》いた。

「ち、違っ！」

「なにをそんなに焦《あせ》ってるんだ？　おとなしく座ってろ」

ナースを追おうとした僕に向かって、鷹央は普段と変わりない口調で言う。

「いや、いまのナース、完全に誤解していましたよ」

「誤解？」鷹央は小首を傾げた。

「だから、あのナース、僕たちがこの個室で逢《あ》い引《び》きしていたと思っているんですよ。追いかけて誤解とかないと」

「なんでだ？」鷹央は首の角度を保ったままで言う。

「なんでって、そうしないと僕と先生が付き合っているとか、そんな噂が流れるかもしれないじゃないですか」

正確には、すでに鴻ノ池によってばらまかれた噂が強化されてしまう。

「べつにいいだろ、そんなこと」

「べつにいいって……」僕は口を半開きにして絶句する。

「他人にどう思われたってかまわないだろ。私とお前は実際は交際なんかしていないんだから」

「いや……、でも……」

あなたのような浮世離れした変人と違って、僕は他人の目が気になるんですよ。

「いいから黙って座っていろよ。ここに隠れていることがばれたら、『人魂』が出て来なくなるかもしれないだろ」

不満げな表情を晒《さら》す僕に、鷹央が面倒そうに言った。僕がしぶしぶと再び椅子に腰かけると、部屋の扉がためらいがちにノックされ、ゆっくりと開いた。

「あの……失礼します」扉の隙間《すきま》から顔を出したのは千絵だった。「これから夜の見回りに行きます。よろしくお願いします」

千絵の顔は青ざめ、その声は震えていた。

「おお、まかしとけ」

鷹央はびしっと親指を立てる。なんか、僕に対する対応と違いすぎないか？

千絵が扉の向こうに姿を消すと、鷹央は室内の電灯を消し、わずかに扉を開いて外を見る。僕も鷹央にならった。ドアの隙間から、闇が降りた廊下が見える。

この天医会総合病院の病棟は、建物の真ん中にエレベーターホールや談話室、そしてナースステーションがあり、そこを中心にして『コ』の形が二つ向かい合うように、廊下が造られている。いま僕たちがいる部屋は、ナースステーションから一番離れた廊下の端にあった。ここにはステーションの明かりもほとんど届かない。

きょろきょろと不安げに周囲を見回しながら、千絵は廊下をゆっくりと奥へと進んでいった。ナース服に包まれた小さな背中が、闇の中に溶けていく。

「鷹央先生、見えますか？」

鷹央は光に敏感で、昼間外に出るときはサングラスが手放せない反面、フクロウのように夜目が利《き》く。

「ああ、いま廊下の真ん中を通過した辺りだな。特に変わったことはない」

数分間、僕たちは無言で廊下に視線を送り続けた。鷹央ほど夜目の利かない僕には、もう千絵の姿はほとんど見えなくなっていた。千絵の話では、『人魂』が出るのは、きまってこの廊下らしい。

「しかし、夜の病院って、さすがに気味悪いですね」

「なんだ小鳥、怖いのか？」鷹央はからかうように言った。

「いえ、べつに怖いってほどじゃ。ただ純粋に気味悪いなぁと思っただけで。鷹央先生こそ怖がったりしてませんか？」

「なにを言っているんだ、私に怖いものなんてない」

鷹央は小声で言うと、自慢げに鼻を鳴らす。

「……真鶴《まづる》さんは怖くないんですか？」

「ね、姉ちゃんは……」

僕が口にした少々意地の悪い問いに、鷹央は表情を歪《ゆが》めつつ言葉に詰まる。

三歳年上の姉で、この病院の事務長である天久真鶴を、鷹央は露骨に恐れている。

「前から思っていたんですけど、なんで鷹央先生って、そんなに真鶴さんのこと怖がっているんですか？　妹思いの、優しくて綺麗《きれい》なお姉さんじゃないですか」

「お前は姉ちゃんが怒ったところを見たことないからそんなことが言えるんだ。たしかに普段は優しいけれどな、一度怒らすとめちゃくちゃ怖いんだぞ。マジでしゃれにならないんだからな……」

鷹央は自分の両肩を抱くと、ぷるぷると細かく震えはじめる。どうやらなにかトラウマに触れてしまったようだ。あんなに温厚な真鶴さんをそこまで怒らせるとは、この人いったいなにをしたんだろう？

そんなことを考えつつ、僕は廊下の奥に視線を送り続ける。かなり長い廊下だけあって、もう僕の目には千絵の姿が完全に見えなくなっていた。

「鷹央先生、佐久間さんが見えますか？」

「ああ、廊下の突き当たりまで行ったな。いま、振り返ってこっちを見ている」

ようやく体の震えが止まった鷹央がつぶやく。本当に夜目が利くな、この人。

しかし、すでに突き当たりまで移動したということは、今日は出ないのか……。僕がそう思った瞬間、『それ』はあらわれた。

廊下の中程、床の近くで青い炎が燃えあがり、暗い廊下を照らし出した。僕が驚いて目を見開いた瞬間、その炎は風にかき消されたかのように消え去った。

ここからはかなり距離があり、しかも一瞬の出来事だったのではっきりとは見えなかったが、廊下に突然、青い炎が上がったことだけは間違いなかった。

「いくぞ！」

驚いて立ちつくす僕を尻目《しりめ》に、虫取り網を手にした鷹央が廊下に飛び出した。我に返った僕はあわててその後を追う。

僕と鷹央は炎が消えた辺りに着く。僕は白衣のポケットから、患者の瞳孔《どうこう》などを観察するときに使用するペンライトをとりだし、ついさっき青い炎が上がった辺りを照らした。鷹央がまぶしそうに目を細める。

きっとなにか見つかるはずだ。たしかに炎は上がったが、あんなの誰かのいたずらに決まっている。しかし、そこはなんの変哲もない廊下でしかなかった。燃えかすさえも見つからない。

僕は顔を上げ、病室のプレートを見上げる。炎が上がったのは817号室と818号室の中間ぐらいの場所だった。

呆然《ぼうぜん》とする僕の鼓膜を足音が揺らした。音の方向に視線を向けると、廊下の奥から千絵が、酒に酔っているようなおぼつかない足取りで近づいて来ていた。暗い中でも、その目の焦点がぶれているのが見てとれる。

「やっぱり……本物……」

千絵の唇からこぼれだしたつぶやきが、暗い廊下に乾いて響いた。

3

「やっと終わった……」

午前最後の患者が扉の外に消えるのを見送って、僕はデスクの上に突っ伏した。頬をデスクにつけたまま掛け時計を見る。時刻は正午前だ。

「なに水揚げされたクラゲみたいになってるんだよ、情けないな」

僕は机につけた頭を緩慢に動かして、背後にいる鷹央を見る。

「なんで先生はそんなに元気なんですか?」

八階病棟で『人魂』を目撃した数時間後には、僕と鷹央は通常の業務である統括診断部の外来に向かった。統括診断部の外来は、他の科で診断が難しかった患者を時間をかけて診察するという建前であるが、その実、送られてくる者の多くは、各科外来でひたすら愚痴やクレームを並べ立て、手に負えないと判断された患者たちだ。ほぼ徹夜明けの重い頭で、そのような患者の話を延々と聞き続けるのは、拷問《ごうもん》以外のなにものでもなかった。途中で何度意識が飛びかけたか分からない。患者からはほとんど見えない位置で話を聞いている鷹央とは違い、目の前で話を聞く僕が船をこぎはじめるわけにはいかず、自分の手の甲をつねったりしながら、午前外来の三時間、睡魔と死闘を繰り広げたのだった。

「とりあえず、デスクで仮眠をとってきます。午後の外来までには戻って来ます」

午後の外来は十四時からだ。普段はこの昼休みに昼食をとったり入院患者の回診をしたりするのだが、さすがに今日はそんな気力はなかった。一刻も早くこの茹《ゆ》で上がった頭を休めたかった。

立ち上がり、出口へ向かい一歩踏み出した僕は、後ろに引かれてたたらを踏む。振り返ると、鷹央が僕の白衣の裾《すそ》を握っていた。

「あの……なんですか？」

「仮眠？　お前、なに言ってるんだ。これから本当の仕事だろ」

「本当の仕事？」

「そうだ。まだ昨日の『人魂』についてなにも分かっていないんだぞ。昼休みの間に、情報を集めないといけないだろ」

いや、怪談の調査は断じて僕の〝本当の仕事〟ではないはずだ。

「そんなに急がなくても。睡眠不足じゃ頭も回らないし……」

「お前のポンコツな頭と一緒にするな。私の頭はいつも以上に冴《さ》え渡っているぞ」

鷹央は胸を張って言う。普段は二十三時から六時までの七時間の睡眠が少しでも短くなると、とたんに不機嫌になる鷹央だが、いまのように〝謎《なぞ》〟に夢中になっているときは、数日間眠らなくてもけろっとしている。しかし、他人も自分と同じだと思わないでもらいたい。

「先生がやりたいなら止めませんけど、僕は仮眠をとります。もう限界です」

僕がそう言うと、鷹央はネコのような目を細めて、いやらしい笑みを浮かべた。

「……私はお前の上司だ」

「ええ、まあそうですけど、それがなにか？」

「ボーナスの査定がどうなってもいいなら、ゆっくり眠っていていいぞ」

……卑怯者《ひきょうもの》。

「……いやね、正直言って犯人の目星はついてるのよ」

「え、犯人？　目星はついてる？」

目の前に座る肉付きの良い看護師の言葉に、僕は鉛が詰まっているかのように重い頭を振りながら聞き返した。

ボーナス査定を人質に取られた僕が、しかたなく鷹央についていった先は、昨夕千絵の話を聞いた八階西病棟の病状説明室だった。そして中には、この力士のごとき体格と貫禄《かんろく》を持った女性、八階西病棟の看護師長が待っていた。どうやら、午前の外来が始まる前に鷹央が昨夜の状況を伝え、アポイントメントを取っていたらしい。

「そう、犯人。千絵ちゃんが夜勤やってる時に限って、その『人魂』が出てくるんでしょ。誰がそんな馬鹿ないたずらしてるかなんて、すぐに分かったわよ」

「いたずらと決まったわけじゃないだろ」机を挟んで師長の対面に座る鷹央が言う。

「ええ、そうね。ごめんね鷹央ちゃん。もしいたずらだとしたら、その犯人は目星がついているってこと」

師長はにこやかに訂正した。この師長、鷹央の扱いに慣れている。きっと、子供だった鷹央が、父親に連れられて病院に来ていた時代からの知り合いなのだろう。

「誰なんです、その犯人って？」僕は横から口を挟む。

「８１７号室に入院している患者ですよ」

８１７号室……。確か『人魂』が出た場所のそばの病室だ。

「817号室か。入院している患者は突発性気胸の高校生、C型肝炎の治療中の四十代の男、アルコール性肝炎の五十代の男の三人だな」

鷹央はぴょこんと立てた人差し指を、メトロノームのように左右に振りながら言う。

「なんで知ってるんですか?」

僕は鷹央を見る。前もって情報を確認していたのだろうか?

「なんでってどういうことだ。患者の情報なんて知っていて当然だろ」

「……もしかして先生。入院している患者、全員の情報把握していたりします?」

「内科の患者はな。当たり前だろ」鷹央はこともなげに言う。

簡単に言うが、東久留米市全域の地域医療を担《にな》うこの天医会総合病院は、六百を超える病床を持つ巨大病院だ。内科の患者だけでも二百人以上いるだろう。その患者全員の情報を把握するなど、普通不可能だ。そう普通なら……。鷹央の超人的な頭脳をあらためて思い知らされる。

「それで、怪しい奴は三人のうちどいつなんだ?」

「気胸の患者さんよ」師長はため息まじりに言う。

「気胸か。確か名前は久保田光輝《くぼたみつき》、十七歳の高校生で、突発性気胸で二十日前に入院している患者だな。それほどひどい気胸じゃなかったから、保存的に経過を見て、もうすぐ退院予定だろ」

「ええ、そう。鷹央ちゃんの記憶力、相変わらずね」

「なんでその患者がいたずらしたって思うんですか？」

僕が質問すると、師長は声をひそめた。

「光輝君が千絵ちゃんのこと恨んでいて、復讐《ふくしゅう》しようとしているからよ」

「恨んで？　復讐？」

禍々《まがまが》しい響きに眉根が寄る。いったい千絵は、その少年になにをしたのだろう？

「光輝君ね、千絵ちゃんに……」師長はさらに声を小さくする。「タバコを吸っているところ見つけられたの」

「はあ？」予想外の言葉に、僕は間の抜けた声を出した。「タバコ……ですか？」

「そう。光輝君がトイレで隠れて喫煙して、タバコを片手に出てきたところを千絵ちゃんが見つけたの。光輝君、報告しないようにお願いしたらしいけど、肺の疾患で入院していて、しかも未成年でしょ。そういうわけにいかなくて、私に報告したわけ」

「院内で喫煙しているの見つかったら、強制退院とかにならないんですか？」

以前勤めていた大学病院では、院内喫煙は基本的に強制退院となっていた。

「うちでは一回目は厳重注意で、もう一回吸ってるのが見つかったら強制退院ね。それで、タバコとライターは没収して、親御さんにも連絡入れたの。光輝君、家ではネコかぶっていたらしくて、ご両親に大目玉食らったみたい」

「それが原因で、千絵さんを逆恨みして脅したって言うんですか？」

「そう、あの子以外に、千絵ちゃんにあんないたずらをするような人、この病棟にはいないはず」

「まだいたずらと決まったわけじゃ……」

「あら、そうね。ごめんなさい。もしいたずらだと仮定したらね」

師長はやんわりと鷹央の抗議を受け止める。なんというか、完全に鷹央の扱い方を心得ている。一度、この師長に弟子入りしようかな。

「……とりあえず、その気胸の高校生に話を聞くぞ」

鷹央は唇を尖らせながら言った。


鷹央、看護師長とともに、看護師や入院患者が行き交う八階西病棟の長い廊下を歩いて行く。昨夜は気味悪く感じたが、昼に見ると小綺麗で清潔感のある廊下だった。等間隔で病室の入り口が並んでいる様子は高級ホテルを彷彿させる。廊下からは病室の中は見えないが、奥の病室の洗面台で歯を磨いている患者の姿が、その側面に設置された鏡に映っていた。

廊下の中程まで進んだ僕たちは、『817』と記された表札がかけられている病室へ入ると、右手前にあるベッドの前で立ち止まる。閉じられたカーテンの奥に、人影がかすかに見える。

「光輝君、ちょっといい？」

師長は一声かけると、返事を待つこともせずカーテンを横に引いた。カーテンの奥には、ベッド上にあぐらをかいて、シャープペン片手に参考書らしき本を眺める少年がいた。その両耳には、携帯音楽プレーヤーから伸びたイヤホンがはまっている。

「はい？」

眉間《みけん》にしわを寄せた久保田光輝はイヤホンを外すと、不機嫌を隠そうともしない口調で言った。

短く刈り込んだ黒髪、どちらかというと整っているがニキビの目立つ顔、ひょろりと細長い体つき。外見からは『まじめでおとなしい高校生』という感じに見えた。

「あら、勉強中だったの？　お邪魔してごめんなさいね。ちょっと話を聞きたくて」

「もうすぐテスト期間なんですよ。話ってなんですか？」

眉間のしわを深くしながら、光輝はベッドの上に散らかっているものを整理しはじめる。パソコン、携帯ゲーム機、スマートフォン。それらが床頭台の電源から伸びる長い延長コードにつながれ、たこ足配線になっている。この光輝という名の少年が、入院生活に飽き飽きしているのが見てとれた。

「あのね、最近病棟で話題になっている、なんていうか……、『人魂』についてなの。

あなたの耳にも入っているでしょ?」

「はあ?　人魂?……ああ、あの看護婦が悲鳴上げた件ですか。みんな知ってますよ。あんな大きな声だったんだから」

光輝は鼻を鳴らしながら言う。「あの看護婦」とは千絵のことだろう。その態度からは、千絵に対する露骨な敵対心が見てとれた。

「看護師よ。それに千絵ちゃんって名前があるの」

生徒を窘《たしな》める教師のような口調の師長に、「知りませんよ、そんなこと」と言うと、光輝は挑発的な視線を向けてくる。

「それで、『人魂』がどうしたっていうんです?」

「お前がその『人魂』をつくって、あのナースを驚かせているんじゃないのか?」

鷹央はまったく言葉を選ぶことなく言う。光輝は鼻の付け根にしわを寄せた。

「はあ?　なんですか?　この病院は患者を疑うんですか?」

「ちょっと質問してるだけだ。ぐだぐだ言ってないで質問に答えろ。人魂を作ったのはお前じゃないって言うんだな?」

「当たり前でしょ。『人魂』っていうことは、火が燃えているんですよね?　どうやって僕がそんなことできるんです?　あれから何回も所持品チェックされているんですよ。そんないたずらできるような物、持っていたらすぐばれるじゃないですか」

光輝は指先でシャープペンをくるくる回しながら、大きく舌打ちする。鷹央が横目で師長をうかがった。師長は重々しくうなずく。

「ええ、お母様のご要望で、もう二度とタバコを吸ったりできないように、定期的に持ち物検査させてもらっているの」

「定期的ってほとんど毎日じゃないですか。もううんざりなんですよね、あれ。いい加減にしてくれませんか。まあ、そういうことで、僕は火を起こせるようなものを持ってないんですよ。火を使ったいたずらなんてできるわけないでしょ」

光輝は挑発するように唇の片端を吊《つ》り上げると、師長に視線を向けた。

「そうそう。退院するとき、取り上げられたものは返してくれるんでしょうね？」

「取り上げられたものって、タバコのこと？」

「タバコはいいですよ。それじゃなくてライターです。ライター。あれ高かったんですよ。バイトして買ったんです。あれは返して下さい」

「ああ、あの隠してあったごついライターね。なんだっけ？『時報』だっけ」

「ジッポーですよ、ジッポー」

「ああ、それそれ。ちゃんと返しますよ。お母さんにね。そんなに大切なら、もっとちゃんと隠しておけばよかったのにね。洗面台の下に隠すなんて、やっぱり子供ね」

小生意気な光輝の態度が癪《しゃく》にさわっていたのか、師長はからかうように言う。光輝の顔が軽く引きつった。

「この病棟の管理がしっかりしていないのがいけないんですよ。なんですか、流しが詰まるって。業者が配管の詰まりを直そうとしなければ、ライターだって見つからなかったのに……。ベッドの近くだし、普段は誰も見ない、最高の隠し場所じゃないですか。師長なら、もっと病棟の設備をしっかり管理してくださいよ」

光輝が反抗的な口調で言い返す。師長と光輝の間に険悪な空気が満ちた。次の瞬間、鷹央がぬっと二人の間に割り込むと、光輝の全身を凝視しだす。

「な、なんですか。人のことジロジロ見て」

「そういえば、たしかあの千絵って看護師は、今日も夜勤だったよな。今夜は何事もないといいけどな」

いぶかしげに言う光輝を無視すると、鷹央は突然、回れ右でもするかのように一八〇度回転し、背後にいた僕と師長に向きなおった。

「え、今夜は……」

「よし、もうここには用はない。いくぞ」

戸惑う師長の言葉を強引にさえぎると、鷹央は僕と師長を両手でぐいぐいと押しはじめる。僕は鷹央に押されるままに、じりじりと後退していった。背中になにかが当たる。振り返ると、シリンジや消毒用の酒精綿、注射器などが載った処置カートが置かれていた。きっと、もうすぐこの病室で誰かの採血検査でも行うのだろう。

僕たちを二メートル程押しこむと、鷹央は後ろ手で無造作にカーテンを引いた。光輝の姿が見えなくなる。

「……なんなんだよ、いったい」

カーテンの奥から、光輝の苛立《いらだ》たしげな声が聞こえてきた。


眠い……。脳みそが鉛と置き換わってしまったかのように頭が重い。

僕は頭を振って、なんとか眠気を頭蓋骨《ずがいこつ》の外にはじき出そうとするが、それはガムのように頭の内側に貼《は》り付いて、なかなかとれそうになかった。

光輝の話を聞いた日の深夜、僕はまた八階病棟の個室に潜むはめになっていた。当然、再びボーナス査定を人質に取られて、鷹央に命令されたのだ。通常勤務が終わってから、すぐに自分のデスクで仮眠をとったが、固い机の上に突っ伏しても十分な睡眠はとれず、いまにも脳がオーバーワークでストライキを起こしそうだった。

腕時計に視線を落とす。午前二時を少し回っていた。そろそろ時間だ。僕がそう思うと同時に、入り口の引き戸がコンコンと小さくノックされた。作戦開始らしい。

僕は部屋の明かりを消し引き戸をわずかに開けると、昨夜と同じように、その隙間から外をうかがう。暗い廊下を、ナース服に身を包んだ小柄な人影がゆっくりと奥へと進んでいた。

僕は目を凝らして、その小さな背中が闇《やみ》に溶けていくのを見送った。

数十秒間、暗い廊下に視線を注ぎ続ける。

昨夜はこのタイミングで蒼白《あおじろ》い『人魂』があらわれた。しかし、今日はあの炎が燃え上がることはなかった。次の瞬間、廊下の奥で黄色い光が点滅した。

合図だ。

僕は引き戸を開けると、足音をたてないよう気をつけながら廊下を小走りに駆けていく。昨夜『人魂』があらわれた辺りへ。

僕がそこに近づくと、廊下のすみでなにかが素早く動いた。暗くてはっきりとは見えないが、それはヘビが床の上を滑っているように見えた。その〝ヘビ〟が向かった先は……。

僕は視線を上げる。そこには『817』の表札がかかっていた。

廊下の奥から、ナース服のスカートをはためかせながら、小走りに人影が近づいて来る。

〝ヘビ〟が逃げ込んだ部屋、817号病室の前で僕たちは小さくうなずき合い、部屋の中へと進んでいった。

病室に入ると、一番手前のカーテンの奥からがさがさと音が聞こえていた。カーテンが横に引かれる。僕の目の前に立った人物によって。

「今日の『人魂』は失敗だな」

手にしていた物を慌てて背中に隠そうとする久保田光輝の顔を懐中電灯で照らしながら、ナース服に身を包んだ鷹央は楽しげに言う。光輝の顔が露骨にこわばった。

そんな光輝の前で鷹央は振り返り、僕の顔を得意げに見上げてきた。

「な、なんですか？」

「どうだ、このナース服似合うか？」

鷹央は珍しく無邪気な笑顔をつくると、その場でくるりとターンをした。


「えっと……これってどういうことなの？」

師長は眠そうな目をこすりながら、うなだれる光輝に視線を送る。その隣には同じようにいぶかしげな表情を晒した千絵がいた。二人ともこの深夜に鷹央に呼び出されたのだ。師長は徒歩数分のマンション、千絵は病院裏の寮に住んでいるとはいえ、かなり強引なことだ。

深夜三時過ぎ、鷹央、僕、師長、千絵、そして光輝の五人は病状説明室に集まっていた。

「だから、お前が想像したとおり、こいつが『人魂騒動』の犯人だったんだ」

気に入ったのか、まだナース服を着ている鷹央は、嬉々《きき》として手にしていた物をデスクの上に置く。それは、ついさっき光輝が必死に隠そうとしていたものだった。

「……延長コード?」いぶかしげに師長がつぶやく。

「ただの延長コードじゃないぞ。プラグの差し込み口を見てみろ」

三対あるプラグの差し込み口の一対から、二本の細く黒い棒のような物が伸びており、その先に白い綿が突き刺してあった。

いったいこれはなんなのだろう? 鷹央に命じられておかしな動きをしている光輝を捕まえたのはいいが、具体的に彼がなにをしたのか僕は分かっていなかった。

「あの、これはいったいなんなんですか?」

千絵がおずおずと訊《たず》ねる。

「〝人魂発生装置〟だ。なあ、そうだろ?」

鷹央は上機嫌で言う。光輝は無言でそっぽを向いた。鷹央はその態度を気にする様子もなく、しゃべり続ける。

「百聞は一見にしかずだ。とりあえずやってみよう」

「やってみるって、なにをですか?」なんとなく嫌な予感がして、僕は訊ねた。

「いいから黙ってその綿の部分を見てろよ」

鷹央は延長コードのプラグを手にしてひざまずき、部屋の隅にあるコンセントにプラグを近づける。

「Show time!」

やけにいい発音で言うと、鷹央はプラグをコンセントに差し込んだ。次の瞬間、バチッと言う破裂音とともに、差し込み口に刺さっていた黒い棒から火花が散り、そして白い綿が青い炎に包まれた。綿は一瞬にして燃え尽きて、黒い消し炭になる。

「面白いだろ」

呆然としている僕たちに向かって、鷹央が楽しげに言った。

「いまのって……」千絵が消し炭を指さす。

「これがお前を怯《おび》えさせていた『人魂』の正体、ライターもマッチも使わないで青い炎を発生させるための装置だ。なかなか面白いこと思いつくよな」

鷹央は光輝の側に立つと、その肩を無造作にはたく。光輝は渋い表情を浮かべた。

「どんな原理で火が上がったんですか？　あの黒い棒みたいなのと綿は……」

僕はまばたきをくり返しながら訊ねる。

「ああ？　まだ気づいていないのか？　全部今日こいつの身の回りにあった物だろ」

身の回り？　僕は昼間に光輝のベッドへ行った時のことを思い出すが、なんのことか分からなかった。鷹央はこれ見よがしに大きなため息をつくと、口を開いた。

「シャープペンの芯《しん》と、消毒用の酒精綿だよ」

「シャープペンの芯と酒精綿……?」千絵がおうむ返しにする。

「そうだ。シャープペンの芯を差し込み口にさして、交叉《こうさ》させる。芯は炭素でできているから電気をよく通す。対になる差し込み口から芯に流れた電流は、交叉部でショートを起こし、芯は火花を放って燃え尽きるんだ。そしてその火花は、酒精綿に含まれているアルコールに引火して青い炎を上げる。これが『人魂』の正体だ」

鷹央は人差し指を立てると、横目で光輝を見ながら楽しげに説明を開始する。

「喫煙を見つかって、それを親に報告されたそいつは、『人魂』でお前を脅すことで復讐しようと思いついた。まったく子供っぽい馬鹿《ばか》げた発想だ。けれど、火を起こす道具は全《すべ》て没収され、しかも定期的に持ち物検査までされる。だから、身の回りにある物で、即席の〝人魂発生装置〟を作ったんだ」

鷹央はデスクの上に置かれた、消し炭のついた延長コードを指さす。

「これを暗くなった廊下の隅に置いて病室の入り口付近に潜み、タイミングを見計らってプラグをコンセントに差し込む。そうすれば、ショートが起きて炎が上がる。あとは、部屋の中からコードを引っ張って回収すれば、証拠もほとんど残らない」

「それじゃあ今日、その装置がうまく作動しなかったのは……?」

僕は横から口を挟む。

「簡単だ。廊下を歩く寸前に、あの部屋の電源ブレーカーを落としておいたんだ。医療器具用の電源は落ちないようになっているけど、患者が普段使用するコンセントは、ブレーカーを操作できるようになっているからな」

「鷹央ちゃん、勝手にそんなことしていたの？」

あきれ顔で師長が言うのを聞き流して、鷹央は光輝の顔をのぞき込む。

「それで、いまの説明でなにか間違っているところはあるか？」

鷹央に声をかけられた光輝は、うつむいたまま黙りこむ。その沈黙は、鷹央の推理が正しかったことを如実《にょじつ》に物語っていた。

「……また、母さんに言うんですか？」

数十秒の沈黙の後、光輝は蚊の鳴くような声で言う。

「それは私が決めることじゃない。その手のことは師長の管轄《かんかつ》だ。そうだろ？」

鷹央に話を振られた師長は両腕を組むと、渋《しぶ》い表情をさらした。

「あなたはね、患者さんのために一生懸命働いている子を脅して、仕事ができなくなりそうにしたのよ。私たちが看護師になるために、そして患者さんを看護するのに、どれだけ苦労しているか分かっているの？　あなたにとっては、気晴らしのための軽いいたずらでしょうけど、千絵ちゃんは人生が大きく狂うところだったのよ」

光輝は唇を嚙《か》んで黙りこんだ。その態度は反省していると言うよりも、ふて腐れているように見えた。

「あなたね、そんな態度だといますぐにお母様に来てもらって……」

「いいんです、師長」

光輝を叱《しか》りつけようとした師長の言葉を、千絵がさえぎった。師長は「……千絵ちゃん？」と不思議そうにつぶやく。

「タバコは病状を悪化させるかもしれないから、報告しないわけにはいきませんでした。けれど今回は、ちょっとしたいたずらを私が過剰に怖がっただけです。私が騒ぎすぎだったんです。ご両親に報告なんてする必要はありませんよ」

千絵は笑顔をつくりながら言う。師長は十数秒、厳しい顔で黙り込んでいたが、やがてふっと表情を緩めた。

「千絵ちゃんがそう言うならしかたないわね」

光輝が顔を上げ、目を見開いて師長を、続いて千絵を見た。千絵は光輝に向かって柔らかく微笑《ほほえ》んだ。光輝は慌てて目を伏せ、居心地悪そうに身を捩《よじ》る。その姿からはいままでなかった反省が滲《にじ》んでいた。

「ほら、佐久間さんに言うことはないのか？」

僕は光輝の頭部にぽんっと手を置く。

「……すみません。馬鹿なことをしました」

数秒の躊躇《ちゅうちょ》のあと、光輝は千絵に向かって小さな、しかし真摯《しんし》な反省が感じ取れる口調で謝罪した。生意気な子供だが、根は素直な少年なのだろう。

「よしっ。これで一件落着だな。しょぼい事件だったけど、暇つぶしにはなったな」

鷹央が両手を掲げ、大きく伸びをしながら言う。僕は〝暇つぶし〟に付き合わされて、こんなぼろぼろになっているのか……。まあいい、さっさとお開きにして、家に帰ってベッドにもぐり込むとしよう。僕たちが部屋を出ようとしかけたところで、光輝がおずおずと口を開いた。

「あの、さっきの説明で一つだけ間違ってるところがあるんですけど……」

「ああ？　間違ってるところだぁ？」

それまで上機嫌だった鷹央の口調が、とたんに低くなる。

そんな脅すような声出さなくても……。

「は、はい……。いえ、たしかに俺がやったことは全部その通りなんですけど、佐久間さんを最初に脅かしたのは俺じゃないんです」

鷹央に鋭い目つきでにらまれ、首をすくめながらも、光輝は言葉を続ける。

「佐久間さんがはじめて『人魂を見た』のって、俺がタバコ吸ってるの見つかった二日後の夜ですよね。あの日は俺がやったんじゃありません。そのあと、佐久間さんが人魂を見て怯えているって噂《うわさ》を聞いて、その装置を考えついたんです」

師長が分厚い唇をゆがめて光輝をにらむ。

「いまさらそんなこと言って。せっかく千絵ちゃんが許してくれたんだから……」

「いえ……たぶん本当です」

光輝を窘めようとした師長の言葉を、千絵がさえぎった。

「そうです。いま思えば最初だけ、最初の『人魂』だけ違っていました。光輝君がいたずらで作った『人魂』は、床で青い炎が一瞬上がるだけでしたけど、最初に見た人魂はもっと大きな炎が空中で長い間燃えていました。少なくとも数十秒は……」

千絵は暗い表情で言う。弛緩《しかん》していた部屋の空気が再び固くなる。せっかく一件落着だと思ったら、なにやら話がおかしくなってきた。どういうことなんだ……？

重い沈黙が部屋に満ちる。その沈黙を破ったのは鷹央だった。

「最初の『人魂』を見たのも、８１７号室と８１８号室の間の廊下だったのか？」

「いえ、廊下というか、病室の入り口辺りで……。暗かったし、かなり距離があったので、はっきりどの病室かは分かりませんけど……」

「……そうか」

鷹央は腕を組むと、数秒間考えこんだあと、「……なるほどな」とつぶやいた。

「ちょっと頼みたいことがある」鷹央が師長に向かって言う。

「頼みたいこと？」

首をかしげる師長を手招きして近づかせると、鷹央はぼそぼそと耳打ちした。師長の眉間に深いしわが寄った。

「……なんでそんなことするわけ？」

「いいからやってみてくれ。そうすれば全部はっきりするから」

いぶかしげな口調の師長に向かって、鷹央は唇の片端を持ち上げて笑みを見せる。

「よしっ、今日はとりあえず解散だ」

陽気に宣言した鷹央を前にして、僕の胸には悪い予感が広がっていくのだった。

4

「悪い予感……的中」

「あ？　なんか言ったか？」

僕が口の中で転がした独り言を聞きつけた鷹央は、読んでいたハードカバーの小説を下げ、その上から僕をにらみつけた。

光輝の人魂トリックがあばかれた翌日の深夜、僕はやはり家に帰ることを許されず、鷹央の〝家〟に軟禁されていた。昨夜、お開きになったあと僕はすぐ家に帰り、三時間ほど睡眠をとって、再び病院に出勤し、今日は一日救急部で勤務をした。僕は週に一日半、猫の手も借りたいほど忙しい救急部に、鷹央の命令で〝レンタル猫の手〟として貸し出されているのだ。

ハードな救急業務を終え、今度こそ家に帰って泥のように眠ろうと僕は心に決めていた。鷹央に捕まらないようにと、屋上にある自分のデスクに向かわず、救急部のユニフォーム姿のまま駐車場へ向かった。

そんな僕が見たのは、愛車RX－8の黒いボンネットに腰かけてスマートフォンをいじっていた鷹央の姿だった。

「逃がすとでも思ったのか」

絶句する僕に向かい、鷹央は勝ち誇るかのような笑みを見せたのだった。

そうして、僕は鷹央の〝家〟に連行され、数時間こうして椅子《いす》の背もたれに体重をあずけながら仮眠をとっている。しかし、小柄な鷹央用につくられた椅子は身長百八十センチをこえる僕には小さすぎ、すぐにずり落ちそうになってしまうため、どうにも熟睡できない。そんな僕を尻目に、鷹央はソファーに横になり、気持ちよさそうに読書にいそしんでいた。

「あの、いつまで僕はここにいないといけないんですか？」

僕はこの数時間、何度もくり返した質問を口にする。

「もうすぐだ。……多分な」

「多分って。僕たちはなにを待っているんですか？」

この質問も何度もくり返している。

「ああ、ぐだぐだうるさいな。いいから黙って待ってろ。あとで説明してやるから」

鷹央は苛立たしげに言うと、再び本を読みはじめた。僕はため息をつく。

いつもこうなのだ。鷹央はこの手の〝謎〟を解いても、決して前もって説明しようとはしない。だから僕は、いつもなにも分からないままに、わけの分からない行動をとる鷹央に振り回されるはめになる。

僕が再び仮眠をとろうとまぶたを落とすと同時に、ソファーわきのベッドテーブルに置かれていた内線電話が鳴りだした。鷹央は素早く手を伸ばして受話器をつかむと、ぼそぼそと話しはじめる。こんな時間に内線電話なんて、誰がかけてきたのだろう？

「小鳥、行くぞ」

受話器を戻した鷹央は、部屋着にしている薄緑色の手術着の上に白衣を羽織る。

「行くって、どこにですか？」

「８１７号室だ」

「８１７号室？　またあの高校生がなにかしたんですか？」

僕の質問を笑みを浮かべながら黙殺すると、鷹央は部屋を出る。僕もしかたなく、その後に続いた。

〝家〟を出て屋上を小走りに横切り、階段を駆け下りていく鷹央の小さな背中を追いながら、僕は首をひねる。いったい817号室でなにがあったというのだろう？

睡眠不足で脳の処理速度が著しく落ちている。状況が把握できない。

僕たちは八階西病棟に着くと、奥の廊下にある病室へと向かう。角を曲がると、817号室から光が漏れていた。

こんな深夜に明かりがついている？　817号室に近づくにつれ、鼓膜をなにか不快な音が揺らしはじめた。ぐぉおおという、地の底から響くような低く濁った音。唸《うな》り声？　いや苦痛の呻《うめ》き？　あまりにも異質な音に背筋が寒くなる。

鷹央はまるで音など聞こえていないとばかりに、すたすたと廊下を進んでいった。鷹央だけ行かせるわけにもいかず、僕も顔を引きつらせながら足を動かす。鷹央と僕は817号室の中をのぞき込んだ。

「はぁ？」喉《のど》の奥から間の抜けた声が漏れる。

病室の手前にあるトイレの扉が開き、そこから蛍光灯の光が漏れていた。光の下には看護師長が困り顔で立っている。師長の奥に、入院着を着た男の背中が見えた。トイレの便器の前でひざまずいている男。後ろ姿なので人相は見えないが、かなり髪が少なくなっている後頭部からすると、おそらくは中年なのだろう。

男は便器に顔を突っ込むと、激しくえずきはじめる。さっきの気味の悪い音は、この男が嘔吐《おうと》する音だったようだ。師長が男の背中をさする。

「……なんなんです、これ？」

まったく意味が分からない。

僕が立ちつくしていると、鷹央がとことこと、えずいている男に近づいた。男が顔を上げ、虚《うつ》ろな目で鷹央を見る。見覚えのない男だった。しかし男の顔を見て、僕はその身になにが起こっているのか瞬時に把握する。このような男はよく目撃する。深夜の歓楽街で。

赤い顔、虚ろな充血した目、脱力した体。この男、間違いなく泥酔《でいすい》している。

「なんで病室に酔っぱらいが？　この人は……？」

呆然と言う僕に向かって、鷹央は白い歯を見せる。

「こいつが最初の『人魂』をつくった犯人だ！」

鷹央は胸を張ると、高らかに言った。

夜の病棟ではお静かに。

＊

「犯人……ですか？　いったいどういうこと……」

「ちょっと待て。もうすぐ役者がそろうはずだからな」

「役者……？」

僕がつぶやくと、廊下の奥から足音が近づいてきた。

「お待たせしました、あの……なんのご用でしょうか？」

やってきたのは千絵だった。

「佐久間さん？　どうしたんですか？」

「いえ、師長にすぐここに来るように言われて」

師長は僕たちだけじゃなく、千絵まで呼び出していたのか。

「よし、そろったな。あの光輝ってガキも立ち会わせたいけど、患者を夜中に叩《たた》き起こすのもあれだしな。それじゃあ種明かしだ」

「鷹央ちゃん、もうちょっと小声でね。患者さんたち起きちゃうから」

「分かってるよ、それくらい」

師長に注意された鷹央は鼻の付け根にしわを寄せると、少し声のトーンを落としてしゃべりはじめる。

「一番最初に目撃された『人魂』、これを作ったのはこの男だ。そうだよな？」

鷹央は男に水を向ける。しかし、男は焦点の定まらない目で鷹央を見上げるだけで、なにも答えなかった。この様子では、鷹央の言葉も耳に入っていないだろう。

「あの、この人誰なんですか？」

「陣内《じんない》さんです。……この病室の奥のベッドに入院している患者さんの」

僕の質問に答えたのは、鷹央ではなく千絵だった。

「そう、この病室には三人の患者が入院している。昨日懲らしめた気胸の高校生、C型肝炎の治療中の男、そして最後の一人がこの男だ」

「たしか最後の一人って……」

「アルコール性肝炎だよ」

鷹央はぴょこんと立てた人差し指をメトロノームのように振りながら言う。

アルコール性肝炎？　いや、それよりも……。

「あの、なんでこの人、こんなに泥酔しているんですか？　病室でそんなに大量に酒を飲んだんですか？」

「いや、それほど飲んでいないと思うぞ」

僕が質問すると、鷹央はいたずらっぽい笑みを浮かべた。

「けれど、こんなに正体がなくなっているんですよ」

「禁酒薬を内服させたんだよ」

「禁酒薬？」

「ああ、そうだ。禁酒薬、シアナミドだ。シアナミドを内服すると、アルコールの代謝に必要なアルデヒド脱水素酵素の働きが阻害される。その状態で飲酒すれば、アルコールの代謝物であるアセトアルデヒドが蓄積して、少量のアルコールでも『悪酔い』した状態になり、苦しむことになる」

鷹央は得意げに『禁酒薬』についての知識を語る。

「それをこの人に飲ませたんですか?」

「この男だけじゃなく、もう一人のC型肝炎で入院している患者にもだ。もちろん、本人たちには師長からちゃんと説明させたぞ。治療のために必要だから薬を飲ませるけれど、アルコールを飲んだら危険だから、間違っても口にするなって」

「それなのに、この人は……」僕は男を見下ろしながらつぶやく。

「そうだ。それでも飲んだんだよ」

「けれど、お酒なんて陣内さんは買えないはずです。陣内さんは状態が悪くて、ほとんど病室から出られないし、面会に来ている人もほとんどいないはず」

千絵が口を挟むと、鷹央はいたずらっぽい笑みを浮かべた。

「たしかに〝酒〟は手に入らない。けれど、〝アルコール〟なら手に入ったんだ」

〝酒〟じゃなく〝アルコール〟? 鷹央の言葉の意味が分からず、僕は額にしわを寄せる。アルコール……、酒じゃないアルコール……。

「あっ!」

僕と千絵は同時に声を上げると、視線を向ける。病室の入り口に置かれた噴霧式の消毒用アルコールの瓶に。

「そうだ。この男は酒が手に入らないから、消毒用アルコールを隠れて飲んだんだ」

「禁酒薬飲んでいるって知っているのに……？」千絵が呆然と言う。

「それが依存症ってものだ。理性では分かっていても、飲むのをやめられない。だから依存症は体だけじゃなく、心まで治療する必要がある」

「……わざわざ薬を飲ませて、こんな苦しい思いをさせなくても」

千絵が蒼白い顔でトイレにへたり込む男を見ながらつぶやいた。その口調には、かすかに非難するような響きがあった。

「誰がアルコールを飲んでいるか、はっきりさせるために必要だったんだよ。この病室には二人、肝機能をはじめとした検査データが芳《かんば》しくない患者がいた。この男と、もう一人のC型肝炎の男だ。私はその二人のどちらかがアルコールの摂取によって状態が悪くなっていると考えた。けれどデータだけだと、どちらが飲んでいるか分からない。問い詰めてもごまかすに決まっているしな。だから禁酒薬を内服させたんだ」

千絵は完全には納得していないような表情ながらも、黙りこむ。

「その人が消毒用のアルコールを隠れて飲んでいたのは分かりました。けど、『人魂』を作ったっていうのは……？」

千絵に代わり僕が質問を続ける。

「なんだ、まだ分からないのか？　いいか、最初に『人魂』が出たのは、あの光輝っていう高校生がタバコを見つかって二日後だったよな?」

鷹央は僕から千絵に視線を移す。

「は、はい。そうです」千絵は慌ててこたえた。

「その時には、あの高校生は持ち物検査を受けていた」

「ええ。『人魂』が出た日の昼頃に、ご両親の許可を得て持ち物検査をしました」

千絵の回答を聞いた鷹央は、鷹揚《おうよう》にうなずくと口を開いた。

「その男はそれを見ていた。そして深夜に、もしかしたら自分も持ち物検査をされるかもって思い込んだんだ。なにかそう思わせるきっかけがあったのかもしれないな」

鷹央の言葉を聞いた千絵が「あっ」と声を上げる。

「そう言えば、はじめて『人魂』を見るちょっと前、この部屋の見回りをしているときに私、独り言を言いました。『この部屋のみんなも明日の朝、検査あるんだっけ』って。ただ、それは血液検査のことで……」

「ああ、それで勘違いしたんだな」

鷹央は満足げに言う。

「おそらく、この男は密《ひそ》かに晩酌用の消毒用アルコールを溜《た》めこんでいた。きっとペットボトルかなにかにな。さて、翌朝持ち物検査を受けると思い込んだ男は、その秘蔵のアルコールをどうすると思う」

「そりゃあ……捨てるんじゃないですか？」

僕が言うと、鷹央は軽くうなずいた。

「捨てるってどこにだ」

「えっと、トイレとか流しとか……」

「そうだ、看護師の見回りが終わったあと少し経《た》ってから、慌《あわ》てて流しに捨てようとしたんだ。そこの流しにな」

鷹央は背後にある洗面台を指さした。僕は目を大きくする。二週間前そこは……。

「二週間前、そこの流しは詰まっていた。捨てたアルコールは流れないで溜まる。その男は焦《あせ》った。そのままだとアルコールが気化して、匂《にお》いで気づかれるかも知れない。どうにか詰まりを直そうと流しの下の扉を開いて配管を見た。その時、その男は見つけたんだよ」

鷹央は得意げな視線を僕たちに向ける。もうここまでくれば、二週間前にここでなにがあったのか明らかだった。

「そう、あの高校生が没収されないように隠していた高級ライターだ。その男は思った。流れないなら、燃やしてしまえばいいってな。かなり濃度の高いアルコールだ。青い炎を上げながらよく燃えただろうな。この洗面台は廊下からは死角になっているため炎は直接は見えない。けれど炎は側面の鏡に映り込み、廊下の奥からは青い炎が宙に浮かんでいるように見えた。これが最初に見た『人魂』の正体だ」

満足げに鷹央が言う。あまりにも鮮やかに『人魂』についての謎が解き明かされていった。誰もが言葉を発することができず、周囲に沈黙が降りる。鷹央はゆっくりとした足取りで、便器に寄りかかるように座り込んでいる男に近づいて行く。

「さて、いまの説明で間違っているところはあるか？」

床に座り込んだまま俯《うつむ》いている男に、鷹央は声をかける。男は緩慢に顔を上げた。顔はまだ紅潮しているが、目の焦点は合ってきていた。男の口がおずおずと開く。

「俺は……こ、ここを追い出されるんですか？　俺、このびょ、病院を追い出されたらもう行くとこな、ないんですよ。しょ、消毒薬飲んでいたのは悪かったです。けど、けど、どうしても、が、がまんできなく、くて。それに、火をつけたのだって、さ、佐久間さんをおどかそうとしたわけじゃなかったんです。ただ、消毒薬飲んで……飲んでいるのがばれて、ここ、ここ追い出されるのが怖くて……」

呂律《ろれつ》が回らないまま、トイレの床に這《は》いつくばりながら、男は必死に懇願する。その姿は哀れを誘うものだった。この男も分かっているのだろう。もし追い出されたら、自分が際限なく酒を飲まずにはいられないことを。そして、すでに限界が来ている肝臓に致命的な障害を与えることを。

「なに言ってるんだ、お前は……」

男を見下ろす鷹央の声は、『人魂の謎』を説明した時とはうってかわって、どこか不機嫌そうだった。男の表情がこわばる。

「追い出すわけがないだろうが。お前のアルコール依存を甘く見ていたこっちが悪いんだ。アルコール肝炎の患者が入院後もデータが悪化したままなら、隠れて飲酒していることも疑って当然だ。しっかり主治医に言っておく。今日からは、体だけじゃなく、精神科医に依存症の治療も同時にしてもらえ」

そこまで言うと、鷹央は師長を見て「それでいいだろ?」とつぶやく。師長は肩をすくめながら苦笑した。男は安堵《あんど》の表情を浮かべる。

「よし、これで一件落着だな」

こうして鷹央の高らかな宣言で、『病棟の人魂事件』は幕を下ろしたのだった。

あと、夜の病棟ではお静かに。

＊＊＊

「それじゃあ、お疲れ様でした」

屋上に立つ〝家〟の前で僕は鷹央に声をかける。

これでようやく自宅に帰れる。明日は土曜日で仕事は休みだ。早く帰って、柔らかいベッドで熟睡したかった。

「なんだ、もう帰るのか？」

意外そうに鷹央は目をしばたたかせた。

「もうって、午前三時近いですよ。さっさと帰って寝ます。それともまだなにかすることあるんですか？」

「いやな、せっかく酒にまつわる事件だったんだから、打ち上げにちょっと飲みたくなってな。一杯付き合えよ」

鷹央が手首をくいっと返すのを見て、僕は顔を引きつらせた。鷹央はその小さな体《たい》躯《く》に似合わず、底なしのうわばみだ。これまで鷹央の〝宴会〟に数回付き合った……というか付き合わされたことがあるが、そのたびに正体がなくなるまで潰《つぶ》されていた。

「いや、あの……今日はやめておきます。ただでさえ疲れ果てているのに、さすがに酒はちょっと……」

「なんだよ、少しぐらいいいだろ」

鷹央は子供のように頰を膨らませる。

「絶対〝少し〟じゃ終わらないでしょ。なんと言われようが、今日は帰ります」

僕はやや口調を強めて言う。

「そうか、分かったよ。……ちょっと待ってろ」

頰を膨らませたまま、鷹央はそう言い残して〝家〟に入ると、数十秒後、左手になにかを持って出てきた。

「ほれっ」

鷹央が左手に持った物を無造作に放ってくる。飛んできた物体を僕は反射的に受け取った。それは小さな栄養ドリンクの瓶だった。

「なんですか、これ？」

「見りゃわかるだろ。栄養ドリンクだよ。今回はけっこう無理させたからな。ちょっとした礼だ。それ飲んで、家に帰って休め。お前に体壊されたら、私も困るからな」

「あ、それはどうも」

鷹央らしからぬ心遣いに少し戸惑いながら、僕は瓶の蓋《ふた》を開け、中身を一気にあおった。

「うえっ⁉」口に広がった刺激に僕はむせかえる。「な、なんですか、これは？」

「飲んだな……」鷹央はにやりと笑った。「それはウイスキーだ」

「ウイスキー？」

僕は空になった瓶に視線を落とす。中身を入れ替えられていたらしい。

「そうだ。これでお前はもう帰れない。車を運転したら飲酒運転になるからな……」

「……いいですよ。タクシーをつかまえます」

「そうか。ところで、ここに置いていくお前の愛車、落書きとかされないといいな」

僕のRX－8になにをするつもりだ⁉

「……飲みますよ。飲むの付き合えばいいんでしょ！」

僕は肩を落としながら投げやりに言う。大切な愛車を人質に取られては、もう諦《あきら》めるしかなかった。

「そうか、それでこそ小鳥だ。よしっ、今夜は飲むぞ」

しぶしぶと鷹央の〝家〟へと入る僕の肩を、鷹央は小さく飛び跳ねながらバンバンと叩く。かくして数時間後、鷹央に徹底的に酔い潰された僕は、禁酒薬が盛られた男が見せたのとそっくりの醜態を晒《さら》すことになるのだった。


「先生、聞きましたよ」

人魂騒動から一週間ほど経った昼下がりの救急室、僕が缶コーヒーをすすりながらカルテを打ち込んでいると、鴻ノ池が話しかけてきた。

「聞いたってなにを？」

またおかしな怪談でも仕入れてきたのだろうか。鴻ノ池は僕の隣に移動すると、肘《ひじ》で僕の肩をつつく。

「やっぱり先生と鷹央先生、ラブラブだったんじゃないですか」

鴻ノ池が小声で囁《ささや》いた言葉を聞いて、僕は口の中に残っていたコーヒーを吹き出す。

「うわっ。きたな……」

「だから、違うってこの前に説明しただろ」

「またまた、誤魔化そうたってそうはいきませんよ。目撃情報があるんだから」

「目撃情報？」

「深夜、空いている個室病室で二人が逢《あ》い引きしていたとか、鷹央先生がナース服でコスプレして、小鳥先生といちゃついていたとか、ふらふらの小鳥先生が屋上から朝帰りしたとか。まったく、そんなになるまで鷹央先生となにしていたんですかぁ？」

　鴻ノ池が楽しげに指を折っていくのを前にして、僕は顔から血の気が引いていくのを感じた。

「ま、まさか、いまの話、広まっていたりは……」

　僕は震える声で、鴻ノ池に訊ねる。

「え？　もちろん友達みんなに言っちゃいましたよ。こんな大スクープ、がまんできるわけないじゃないですかぁ」

　無邪気にはしゃぐ鴻ノ池の横で、僕の手から缶コーヒーが滑り落ちたのだった。

Karte. 03 不可視の胎児

鳥かごだ。ベッドに腰掛け、自室をうつろな目で見回しながら石井美香《いしいみか》は思う。この部屋は私を閉じ込めるための鳥かごなのだ。

ここに閉じ込められて一ヶ月、つまりは『あの子』がいなくなってから、一ヶ月が経《た》ったということだ。

私は『あの子』を守れなかった。あの小さな命を守ることが出来なかった。『あの子』が体の中から消えた瞬間、自分の魂も同時に死んだ気がした。

いつの間にか流れ出していた涙が頬を伝い、顎《あご》の先からフローリングの床へと落ちた。美香は両手で顔を覆《おお》うと、肩を震わせはじめる。

あの人はいまなにをしているんだろう。彼に会いたかった。いや、会わなくてもいいから声だけでも聞きたかった。けれどそれも出来ない。一ヶ月前に、携帯電話もパソコンも取り上げられている。それどころか、一階に置かれていた固定電話さえ、どこかに隠されてしまっていた。

連絡が取れなくて、きっと彼も心配しているはずだ。なんとか無事であることだけでも伝えたい……。

無事？　美香は身を硬くすると、自分の下腹部に視線を落とす。無事なんかじゃない、私は彼との大切なものを守れなかった。もしかしたら彼は、私に愛想を尽かしているかもしれない。どす黒い不安が血管を通って全身の細胞を冒していく。強い息苦しさを感じて、美香は胸を押さえた。

……もう嫌だ。……こんな生活耐えられない。

美香は勉強机に置かれたペン立てに視線を向ける。そこには筆記用具とともに、カッターナイフが入っていた。

荒い息をつきながら机に近づくと、美香はカッターナイフを手に取り、カチカチと刃を出していった。刃に蛍光灯の明かりが鈍く反射する。息苦しさがいくらか弱くなった気がした。

これで楽になれる。『あの子』のところに行ける。全身を妖《あや》しい震えが走った。美香は手首に刃を押し当てる。鋭い痛みとともに皮膚がわずかに破れ、赤い血がじわりとにじみ出た。痛みが現実と自分の間に張った汚れた膜に亀裂《きれつ》を入れる。

一瞬、〝死〟に対する恐怖がわきあがる。しかしそれ以上に、この状況から逃げ出したいという欲求の方が強かった。

美香は血がにじむほどに唇を嚙《か》むと、カッターナイフを持つ手に力をこめる。その刃が手首を深く切り裂く寸前、下腹部に鈍い痛みが走った。

「うっ……」

美香はうめき声を上げ、両手で下腹部を押さえる。手から滑り落ちたカッターナイフが床でバウンドした。

いまのは……？

美香は目を見開きながら、自分の腹を見下ろした。再び拍動するような重い痛みが走り、美香は顔をしかめる。しかし、胸には温かい歓《よろこ》びが湧《わ》き上がっていた。

『あの子』だ！　『あの子』の痛みだ。

美香は両手で顔を覆うと、その場に座り込む。熱い涙が両目からとめどなく湧き上がった。

『あの子』が戻ってきた。『あの子』はいま、私の中で生きている。

今度こそは『この子』を守ってみせる。胸に決意を秘め、美香は顔を上げる。蛍光灯の明かりが淡く滲《にじ》んだ。

1

「私は最初から、共学に入れるのに反対していたんですよ！　若い男なんてけだものみたいなものでしょ。それなのに主人は大丈夫だなんて言って。本当に無責任なんですよ、あの人は！」

「はぁ……」

つばを飛ばしながら叫ぶ中年女性を前にして、僕は返事ともため息ともつかない声を漏らす。この石井静子《しずこ》という、めがねをかけた神経質そうな女性は、十五分ほど前に統括診断部の外来診察室に入ってきてからというもの、〝静子〟という名に反して金切り声で叫び続けていた。

これまでに聞いた話をまとめると、高校生の娘がクラスメートの男子と恋仲になり、妊娠してしまった。そのことに激怒した静子は、すぐにこの天医会総合病院の産婦人科で人工妊娠中絶手術を受けさせたということらしい。まあ、ありがちといえばありがちな話だ。しかし、そこまで説明したあたりで興奮状態に陥った静子は、娘、娘の恋人、そして自分の夫に対する愚痴を繰り返しはじめ、話が先に進まなくなった。さっきから口を挟む隙《すき》を探しているのだが、いまだに見つけられずにいる。

僕は静子に気づかれないように、そっと後ろに視線を向ける。部屋の奥、窓際《まどぎわ》に置かれた衝立《ついたて》に隠れるようにしながら、統括診断部の部長である天久鷹央《あめくたかお》が英文雑誌を読んでいた。まったく、面倒な患者は僕に押しつけて……。

あと二十分以上もこの愚痴を聞き続けなければいけないのか。ここは心を無にして耐えることとしよう。僕は無心モードのスイッチを入れる。五ヶ月を超える統括診断部での経験で手に入れたスキルだ。

静子の愚痴を右から左に聞き流しつつ、僕はひたすらに相槌《あいづち》を打ち続けた。

「あの、……ちゃんと聞いていますか？」

興奮してしゃべっていた静子が、いぶかしげに僕の目をのぞき込んでくる。しまった。あまりにも無心になりすぎて、聞き流していたことに気づかれたか。僕は慌《あわ》てて居ずまいを正した。

「ええ、もちろん聞いていますよ。娘さんが妊娠されて、こちらの病院で中絶されたんですよね。それで、そのあとになにかありましたか？」

ようやく隙を見つけた僕は、慌てて話の先を促す。ひたすらループする愚痴を聞かされるよりは、話に変化があった方がいくらか楽だ。

「なにかあったからまた病院に来たんです。それなのに、産婦人科の主治医は私の話を全然聞こうとしてくれなくて。文句を言ったら、ここなら話をじっくり聞いてくれるからって紹介されたんですよ」

僕は脇《わき》に置かれた電子カルテのディスプレイを横目で見る。そこには産婦人科からの紹介状が映し出されていた。

『娘の妊娠中絶後の症状について、意味不明な訴えを繰り返し、外来業務に支障をきたしております。ご多忙のところ恐縮ですが、貴科的御高診よろしくお願いします』

なにが『御高診よろしくお願いします』だ。面倒な患者を丸投げして。

「もちろんしっかりお話は伺います。娘さんのことについてですね。娘さんがどうされました？」

僕は興奮気味の静子を刺激しないように、慎重に言葉を選びながら言う。それまで愚痴をまくし立てていた静子は、とたんに勢いをなくし、独り言のように小さな声でしゃべりはじめた。

「娘が二週間ぐらい前から、変なことを言っているんです。……堕《お》ろしたはずの赤ちゃんが戻ってきた。おなかの中に赤ちゃんを感じるって……」

「死んだ赤ちゃんが戻って……」

気味の悪い話に、僕は眉根《まゆね》を寄せる。

「えっと、それは娘さんの気のせいなんじゃ……」

「私も最初はそう思いました。何度も吐いたり、おなかが張っているって言ったり、妊娠しているみたいな症状が出ているけど、たんに体調を崩しているだけだと。けれど私、……見つけたんです」

「見つけたって、なにをですか」

怪談を語るかのような、おどろおどろしい静子の口調に、僕はつばを飲む。

「先週、娘がお風呂《ふろ》に入っている隙に、こっそり娘の部屋に入りました。そしたらゴミ箱に妊娠検査薬が捨ててあったんです。陽性の妊娠検査薬が……」

背筋に冷たい震えが走った。

「そ、それは、中絶後にホルモンバランスが乱れて、検査が正確に出なかっただけなんじゃ……」

僕は必死に頭を動かし、そのオカルトじみた話に論理的な説明をつけようとする。

「産婦人科の主治医もそのようなことを言っていました。けれど検査薬でも陽性で、そのうえつわりみたいな症状まで出ているんですよ。きっとあの子はいまも妊娠しているんです。ちゃんと中絶手術を受けさせたはずなのに！」

ふたたび興奮してきたのか、静子の声が甲高くなっていく。

「まあそう決めつけないで。きっとなにかほかの理由が……」

「先生は妊娠したことあるんですか！」静子は僕をにらみつけた。

「いえ……、それはありませんけど」

「私は四回も妊娠したんです。そのうち三回は流産して、あきらめかけていた時にあの子ができたの。だから私にはわかるんです。あの子はきっと妊娠しています」

四回の妊娠で三回の流産か……。静子がここまで娘のことで興奮するのも理解できる気がした。娘の入浴中に部屋をあさるということを見ても、やや娘に過剰干渉している。子離れができていないのだろう。

「えっとですね。それじゃあ、娘さんが病院に来て検査を受ければ……」

「……だめなんです」

静子は力なくうなだれる。

「私も病院に行こうって言いました。そうしたらあの子、『絶対に行かない。強引に連れて行ったら舌を噛んで死んでやる』って言い出して。あの子、この二週間人が変わったように攻撃的になって、私の言うことをなにも聞こうとしないんです。もう私、……どうしていいのかわからなくて」

「そうですか。えっとですね。もし本当に娘さんが妊娠しているとしたら、中絶手術が失敗していたってことになりますね。だから……」

「いや、たぶんそれは違うな」

背後から声が聞こえてきて、僕は反射的に振り返る。いつの間にか、鷹央がすぐ後ろに立ってディスプレイをのぞき込んでいた。

「あの……あなたは？」静子は数回まばたきをくり返す。

「あ。こちらは統括診断部部長の天久鷹央先生です」

「部長……？」

静子は疑わしげな視線を鷹央に浴びせかけた。よくある反応だ。僕より二つ年下、二十七歳のこの上司は、実年齢も若いが外見はそれ以上に若く……というか幼く見える。統括診断部の部長と紹介されても、すぐに納得できないのもしかたがない。

「中絶手術の手術レポートを見ると、ちゃんと絨毛《じゅうもう》組織は排出しているし、術後エコーで子宮内にあった胎嚢《たいのう》が消えていることも確認している。中絶手術に失敗して胎児がまだ子宮内にいる可能性は低い」

静子の視線など気にせず、鷹央は独り言のようにつぶやく。どうやら今回の症例に興味を惹《ひ》かれたらしい。

「つまり、石井美香という娘が本当にいまも妊娠しているとしたら、中絶手術後にあらためて妊娠したと考えるのが自然だ。娘が中絶後に再び恋人と会って、子供をつくったっていう可能性はないか」

鷹央はディスプレイから静子に視線を移す。

「そんなことあるわけありません！」静子は歯茎が見えるほど唇をゆがめた。

「そう言い切れはしないんじゃないか。学校に行ったときとか、家の外で隠れて恋人と会っているかもしれない。生殖行為なんて、それこそ数分あれば可能だぞ」

生殖行為とか言うな。鷹央の火に油を注ぐようなセリフに僕は顔を引きつらせる。

「だから、そんなことあり得ないんです。あの子には中絶手術を受けてから一度も外出させていないんだから。もちろん学校も休ませています。携帯とパソコンも取り上げているから、あの男と会うどころか、連絡も取れないはずです」

それは娘を軟禁状態にしているということじゃないか。子離れしていないとは感じていたが、まさかそこまでするなんて……。

「なるほど、それなら恋人と子供はつくれないか。中絶した一ヶ月後に男と会ってもいないのに再び妊娠した。それが本当ならちょっとした奇跡だな……」

鷹央は顔を上げて静子を見る。

「それで、お前はどうしたいんだ？」

お前と呼ばれ、静子は不快そうに顔をしかめた。

「娘になにが起こっているか知りたいんです。そのためにも、ちゃんと検査をしてもらいたいんです。できれば主治医の若い先生じゃなく、もっと経験のある先生に」

「なるほどな……」

鷹央は脇に置かれた内線電話の受話器を手に取り、どこかに電話をかけはじめる。

「小田原《おだわら》はいるか？　え、私か？　私は天久鷹央だ。統括診断部部長の天久鷹央。そう、小田原に話が……。ああ、小田原か。ちょっと頼みたいことがあって……」

眉間《みけん》にしわを寄せる静子の前で、数分間誰かと通話をした鷹央は、受話器を戻して笑顔をうかべる。

「明日の午後六時過ぎに、産婦人科外来を空けてもらった。そこで主治医と産婦人科部長の小田原があらためて検査してくれるそうだ。私たちも立ち会う。お前は明日、午後五時までに娘を連れてきてくれ。まず採血をしたあと、私たちがここで娘の話を聞く。そのあと産婦人科外来で検査だ」

「ちょ、ちょっと。なにを勝手に決めて……」

「なんだ。娘の検査をしたいんじゃなかったか？」

「そりゃあしたいですけど、娘が家から出ようとしないんですよ。どうやって連れて来いって言うんですか」

「それくらいなんとかしろよ、母親だろ」

「なんなんですか、その言い方は！」

鷹央の適当きわまりない言葉に、静子は椅子《いす》から立ち上がりかけた。

「あ、あのですね。娘さんはきっと、妊娠していることがわかったら、また子供を堕ろすことになると思って、病院に行きたくないって言っていると思うんです」

僕は慌てて口をはさんだ。静子は口をへの字にしながら黙り込む。

「ですから、今回の検査はあくまで娘さん本人と、もしいるなら、おなかの赤ちゃんの健康状態を調べるためのもので、中絶手術をするとかそういう話はしないって説得したらどうですか。それなら娘さんも受け入れやすいと思うんですよ」

静子は険しい表情のまま数十秒黙り込んだあと、ためらいがちにうなずいた。なんとか話がまとまったようだ。僕は大きく息を吐く。

「けれど、もし娘が妊娠していたら、私は中絶させます。あの子はまだ子供です。子供が赤ちゃんを産むなんてあり得ません。あの子のことは私が決めます」

静子は不満げに言う。その態度からは、娘に対するいびつな支配欲が見え隠れし、自然と眉根が寄ってしまう。しかし、そのことを指摘しても、静子の態度をかたくなにするだけだろう。僕が「そうですか」とお茶を濁そうとすると、その前に鷹央が口を開いた。

「十七歳っていう年齢はもう大人だぞ。親が思うよりも遥《はる》かにな」

静子は無言であごを引くと、鷹央を上目遣いでにらんだ。

2

「お、出たみたいだぞ」

楽しげな声を上げながら、鷹央はマウスを操作する。『石井美香』と名前が表示された画面に、血液検査の結果が出ていた。

石井静子の話を聞いた翌日の午後五時過ぎ。回診を終えた鷹央と僕は、外来診察室で電子カルテをのぞき込んでいた。どうやら静子は無事に娘を連れて来ることができたらしく、娘の石井美香は一時間ほど前に採血を行っていた。

「どうですか、結果は？」

「白血球が９８００、ＣＲＰが２・84か。少し炎症反応があるな。そしてｈＣＧが……２０００か。これまた微妙な数字だな。もちろん妊娠で上昇しているとも考えられるけど、中絶後のホルモンバランスの崩れでもおかしくない。けれど、中絶から六週間たっていることを考えると、ちょっと高すぎるか……」

鷹央がつぶやくのを聞きながら、僕もディスプレイをのぞき込む。妊娠の有無を判断するのに最も重要なホルモンであるｈＣＧ、ヒト絨毛性ゴナドトロピンの値だけでは、石井美香が本当に妊娠しているかどうか分からないようだ。

鷹央は両手を天井に向け、大きくのびをする。

「まあ、結論は娘の話を聞いて、そのあとでエコー検査をしてからだな」

「けれどこれって、僕たちが関わる必要なんてあったんですか？　娘さんさえ呼べれば、産婦人科に任せてよかったんじゃないですか」

「なに言っているんだ。あの母親の話だと、娘は男と接触していないのに妊娠したことになるんだぞ。こんな興味深い症例を産婦人科に丸投げなんてできるわけないだろ。なんだ、お前はこの症例に興味ないのか？」

「いえ、興味ないわけじゃないですけど……。ただ、なんというか……、中絶手術とかってちょっと苦手で。まだ生まれていないとはいえ、胎児の命を奪うのは……」

僕は言葉を濁しながら言う。それと同時に、楽しげだった鷹央の顔が引き締まった。

「お前の言いたいことはわかる。たしかに人工妊娠中絶はなかなか議論を呼びやすい処置だ。〝中絶は殺人である〟と考える者も少なくはない」

〝殺人〟という刺激の強い言葉を聞いて、僕は口元に力を込める。

「先生は……どう思っているんですか？」

「答えなんかないさ。これは正解を一つに絞れるような、科学的問題じゃない。正解も不正解もない倫理的問題なんだ。私は科学的問題を解くことに関しては天才だが、倫理的問題には無力だ。倫理とは社会の〝空気〟が決めることだが、私にはその能力が欠けているからな」

鷹央は少し寂しげに笑いながら、天井を眺める。僕はなにも言えなかった。鷹央は恐ろしいまでの知能を持つ反面、その場の空気を読んだり、他人の身になって物事を考える能力が低い。そしてそのことを本人も自覚し、おそらくはコンプレックスを持っている。

「いつ人は『人』として認められるのか。卵子が受精した瞬間、胎児に神経系が作られたとき、胎児が母体から出たとき。様々な考え方があり、どれもが一理ある。結局、いくつもある選択のうちどれをとるかは、その社会全体が決めることだ」

鷹央は淡々と続ける。普段、他人になにかを説明するときは得意げに、そして楽しげにしゃべることの多い鷹央だが、いまは少々つらそうに見えた。

「いまの日本では、母体から出て初めて『人間』であるとして認められ、人権が与えられる。そして妊娠満二十二週未満なら、母体保護法指定医による人工妊娠中絶は法的に認められている。まあ、本来は妊娠の継続が身体的や経済的理由で母体の健康を損なう場合と、暴行や脅迫などによる性行為で妊娠した場合に適応されるんだが、その解釈は曖昧《あいまい》で、たんに望まない妊娠だというだけでも中絶が行われているのが実情だ。ちなみに、一年間で日本ではどれだけの中絶が行われていると思う」

「一万件……ぐらいですかね」

僕は答えると鷹央は唇の端をあげ、皮肉っぽい、そして哀《かな》しげな笑みを浮かべた。

「約二十万件以上だよ」

「二十万⁉」想像を絶する数字に声が跳ね上がってしまう。

「多いだろ。もちろん、母体の健康のためなど、しかたがない理由での中絶も含まれた数だけどな」

鷹央は気怠《けだる》そうに息を吐く。部屋に重い沈黙がおりる。そんな雰囲気を振り払うように、鷹央は両手を胸の前で合わせた。パンっという小気味よい音が響く。

「まあそれは置いておいて、性行為なしで妊娠したとしたら、処女懐胎に近い状況だよな。ちなみに処女懐胎と言えば、とうぜん聖母マリアがイエス・キリストを身ごもった話が最も有名だが、世界的に見るとそのほかにも同じような言い伝えが……」

「いやいや、さすがにそれはないでしょう」

僕が反射的に口を挟むと、話を遮られた鷹央は不満げに頬を膨らませた。

「なんでないと言い切れるんだ。実際に調べてみないとわからないだろ。本当だったらまさに奇跡だぞ。バチカンが調べに来るかもしれないぞ」

興奮した口調で言う鷹央を前に、僕は苦笑する。調子が戻ってきたようだ。

「はいはい、奇跡だったらすごいですね。けれど、ほかの可能性の方が高いでしょ。たんに中絶手術後にホルモンバランスが乱れて、妊娠しているような体調になっているだけとか」

「その可能性もあるな。ほかの可能性としては、中絶手術は失敗していて、まだ妊娠が継続している。実は母親の目を盗んで恋人と会い、生殖行為をしていた。突然単為生殖能力を身につけた……」

「単為生殖能力はちょっと……」

「最後のは冗談だ。いろいろ可能性はあるということだよ。そして本当に妊娠しているにしろ、していないにしろ、はっきり診断をつけた方がいい。なにが起こっているのかはっきりさせないと、母体と、もしいるなら胎児の健康管理ができないし、それ以上に精神的にも問題がありそうだ」

「ええ、たしかにそうですね……」

僕は昨日聞いた石井静子の話を思い出す。彼女の話を聞くと、娘の美香は完全には納得せずに中絶手術を受けたようだ。中絶手術は心身ともにダメージの大きい手術だ。それを自らの意思に反して受けさせられたとしたら、かなりのショックだっただろう。

「しかし『中絶した子供がおなかに戻ってきた』ですか。よく分からない話ですね」

「ん？　そうか？」

鷹央は僕に意味ありげな流し目をくれる。

「なんですか、その目。もしかして、なにが起こっているか予想ついています？」

「ああ、もちろんだ。昨日の時点で、ある程度の目星はついている。当然だろ。それをたしかめるために、石井美香を呼んだんだ」

「その〝目星〟ってやつは？」

「それはあとのお楽しみだ」

鷹央は左手の人差し指を唇の前で立てる。相変わらずの秘密主義。いつもこうやってはぐらかされる。

「お楽しみって、いつもそうやって……」

僕が文句を言いかけると、扉がノックされた。

「おお、噂《うわさ》をすれば患者が来たみたいだな。ほれ小鳥、ドアを開けてやれよ」

鷹央はハエでも追い払うように手をひらひらと振った。

「それで、なんの用なんですか？」

椅子に腰掛けた石井美香は、すぐに敵愾心《てきがいしん》むき出しの視線を浴びせかけてきた。高校生とは思えないほどのその眼力に、思わず身を引いてしまう。

数分前、美香は母親の静子に連れられて、この外来診察室へやってきた。部屋に入った二人に向かって、鷹央は「母親抜きで話したい」と言い出した。当然のように静子は一緒に話を聞くと主張したが、鷹央に「それじゃあ診察しないぞ」と半ば脅迫されたうえ、美香に「お母さんは外で待っていてよ」と冷たい声で言われ、悔しげに唇を嚙みながら渋々と診察室から出て行った。

「お前、妊娠しているのか？」

鷹央は直球の質問を美香にぶつける。美香は不愉快そうに唇をへの字にゆがめた。

「そうですよ。高校生が妊娠したら変ですか？　なにか文句でもあるんですか？」

「いや、なにも変じゃない。初潮を迎えたあとに性行為をすれば、だれでも妊娠する可能性はある。それに私はお前とは完全に他人だ。お前が妊娠しようがしまいが、文句なんてあるはずがない」

「なによそれ。それならなんで、私はここに連れてこられたのよ」

「お前自身には興味はないが、お前の体に起こったことには興味があるからだ」

馬鹿《ばか》正直に答える鷹央の前で、美香は「意味わかんない」とつぶやき、僕たちに剣《けん》呑《のん》な視線を浴びせ続けた。僕たちを完全に〝敵〟とみなしているようだ。

「意味わからないってことはないだろ。お前は六週間前に人工妊娠中絶を受けたはずだ。それなのに、いまも妊娠していると言う。普通ならおかしいだろ」

鷹央が水を向けるが、美香は無言のままそっぽを向く。

「もしかして、中絶手術を受けたあと、あらためて恋人と子作りをしたのか」

あまりにも露骨な質問に、美香は目を剝《む》いた。

「そんなことするわけないじゃないですか！ そもそも、私は一ヶ月以上ほとんど家から出ていません。学校にも行かせてもらっていないんですよ。お母さんに『そんな精神状態じゃない』って勝手に判断されて。精神状態がおかしくなっているのはあの人の方じゃないの！」

感情的に美香は吐き捨てる。母親の前ではほとんどしゃべらなかった美香だったが、いまは積極的に鬱憤《うっぷん》を吐き出している。母親を「あの人」と呼んだ姿に、親子の確執が垣間《かいま》見《み》えた。

「お前は中絶手術が失敗したと思っているのか？」

「そんなこと知りません。たしかに手術を受けてから一ヶ月は、……〝空っぽ〟になっていました。なにか自分が自分じゃないような感じで。もう自分が本当に生きているのかどうかもはっきりしなくて。もう、どうでもよくなって……」

平板な美香の口調は、まるで下手な役者がセリフを棒読みしているようだった。その目が焦点を失っていく。

「けれど、二週間前にこの子はまた戻ってきてくれたんです。私のおなかの中に……。この子は死んでなかったんです……」

熱に浮かされたように語る美香を前にして、背筋が冷えていく。明らかにまともな精神状態じゃない。中絶を強いられ、さらに家に軟禁状態にされたことで、彼女の精神は限界に達してしまったのだろう。

「『戻ってきてくれた』というのはどういう意味だ？　中絶したはずの胎児を再び妊娠したということか？」

「ええ、きっとそうです。この子はいまここにいるんです」

美香は迷いのない口調で言うと、自らの下腹部を優しく撫《な》でる。次の瞬間、「うっ」とうめき声をあげて、美香は体をくの字に折った。

「大丈夫？」

僕は慌てて立ち上がると、美香の肩に手を伸ばす。しかし、その手を美香は無造作に払った。

「ほっといてください。大丈夫ですから。妊娠してからよくおなかが痛くなるんです……。それにつわりもひどい方で……」

美香は顔をゆがめながら再び腹を押さえた。

「腹痛や吐き気が生じるのは妊娠だけじゃない。ほかの疾患の可能性も……」

「先生は妊娠したことがあるんですか？」

額に脂汗《あぶらあせ》を浮かべた美香は、唇の端をあげながら鷹央のセリフを遮った。

「いや、私は妊娠の経験はない」

「それなら分からないでしょうね」

痛みが治まったのか、美香は息を吐いて姿勢を戻し、小馬鹿にするように言う。

「妊娠したら、母親になったら分かるんですよ。自分のおなかの中に赤ちゃんがいるかどうかね。私はいまも感じるんです。ここで赤ちゃんが大きくなっていることを」

美香はいとおしそうに自分の腹に視線を落とした。

「なるほど、そういうものなのかもしれないな。たしかに実際に経験していない私には分からない感覚だ」

「なら、もういいですよね。検査なんか受けなくたって」

素直にうなずく鷹央に毒気を抜かれたのか、美香はつまらなそうに言う。

「ん？　なんだ。検査を受けたくないのか？」

「お母さんがギャーギャー騒ぐから、病院に行ったら携帯電話を返してくれるって約束でついてきましたけど、もちろん検査なんか受けたくありません。だって、赤ちゃんがいたらこの子を堕ろそうとするんでしょ」

美香の視線が再び鋭くなっていく。

「私は今度こそこの子を守るんです。もう誰にもこの子を殺させたりしません！」

「ああ、そうすればいい」

鷹央はあっさりと言う。その態度に美香は鼻白んだ。

「なんなんですか、その適当な言いぐさは。あなたたちが、あなたたちが……六週間前にこの子を……」

興奮で舌が回らないのか、美香のセリフは途切れ途切れになる。

「お前の中絶手術をしたのは私じゃないし、産婦人科医だってやりたくてやったわけじゃない。要請されてしかたがなくやったんだ」

鷹央の正論に、美香は表情がぐにゃりとゆがむ。

「そもそも、人工妊娠中絶手術は基本的に、妊娠している本人と胎児の父親、二人の了承が必要なはずだ。お前は了承したんだろ、子供を堕ろすことを」

「ちょっと、先生……」

僕は鷹央を止めようとする。鷹央は悪気なく事実を述べているだけなのだろうが、高校生には少々きつすぎる糾弾だ。

「しかたがないじゃない！　あの時はわけが分からなくなっていたんだから！　妊娠しているって言ったら、お母さん半狂乱になって、彼の家に乗り込んでいって、彼と彼のお父さんに土下座までさせたのよ。それに『すぐに堕ろさないとあんたなんかうちの子じゃない。うちから追い出してやる』って叫び続けて。もう、どうしていいか分からなくて……」

美香は両手で顔を覆い、嗚咽《おえつ》を漏らしはじめる。

「混乱して中絶を受けることに同意した。けれど、実際に受けてみて後悔した。そういうことだな」

鷹央の言葉に、美香は肩を震わせながらうなずく。

「今度こそ、……この子は私が守るの。今度こそ絶対に……」

「だから、そうすればいいだろ」

「え……？」

鷹央の言葉がすぐには理解できなかったのか、美香は顔を覆っていた両手をだらりと下げると、涙で濡《ぬ》れた目をしばたたかせる。

「いまお前が妊娠しているかどうか、まだ分からない。ただ、もし妊娠していたとしたら、お前の許可なしには堕ろすことはできない。たとえ親だろうがな。もし堕ろさないという決断をしたら、お前は家を追い出されるかもしれないし、親子の縁を切られるかもしれない。それでも産みたいと思うなら、お前は産むべきだ。お前はまだ法律的には未成年かもしれないが、もう十分に判断力をもった一人の人間だ。自分で選択をして、その選択の責任をとれ」

　美香は両手を握りしめ、唇に歯を立てる。

「検査を受けていないと胎児になにか異常があっても対処できない。だから、妊娠しているにしても、していないにしても、お前は検査を受ける必要がある。分かるな？」

　鷹央の言葉に、美香は目にうっすらと涙を浮かべながら、力強くうなずいた。


「あらー、鷹ちゃん。久しぶり」

　産婦人科の外来に入った瞬間、テンションの高い声がぶつかってくる。目を大きくする僕の正面で、薄茶色のパーマがかかった髪をした白衣の女性が両手を振っていた。年齢は僕と同じくらいだろうか？　優しげな垂れ目が間延びした口調と妙にマッチしている。

「ああ……」

　逆に鷹央はテンション低く、気怠そうに片手を上げる。

「鷹ちゃん、最近全然産婦人科に遊びに来てくれないじゃない。寂しかったわよー」

女性は小走りに近寄ってくると、唐突に鷹央をハグする。鷹央は無表情のまま、なされるがままになっていた。なんとなく、ネコがむりやり抱き上げられて、不機嫌になっている姿を彷彿《ほうふつ》させる。

「あー、小鳥《ことり》。お前は初対面だったな。このテンションのおかしい女が、産婦人科部長の小田原香苗《かなえ》だ。ちなみに、見てのとおりの変態だ」

「え、部長さんですか。そんなにお若いのに……」

たしかに鷹央は二十七歳で統括診断部の部長をやっているが、それはあくまで特殊例のはず。普通、部長と言えば若くとも四十歳以上の者がつとめている。

「ああ、こいつ、こう見えても四十……」

鷹央がそこまで言ったところで、小田原は鷹央の口を勢いよく手でふさいだ。

「なにか言った？」

小田原は鷹央に顔を近づけると、満面の笑みを浮かべる。しかし、その目がまったく笑っていなかった。

鷹央は体をこわばらせると、ぷるぷると顔を左右に振る。

……この人にも苦手な人っているんだな。

鷹央の姉で、この病院の事務長を務める天久真鶴《まづる》に叱《しか》られて怯《おび》えている姿はよく見るが。それ以外の相手に鷹央がここまで怯えているのは初めて見た。

「はじめまして。七月から統括診断部で勤務している小鳥遊優《たかなしゆう》です」

僕はとりあえず自己紹介をする。

「あ、やっぱり。そうだと思った。産婦人科部長の小田原香苗です。よろしくぅ。ちなみに年齢は二十九歳」

「……自称な」

鷹央がぼそりと言うと、僕の手を握って勢いよく上下に振っていた小田原は、「あ？」と低い声でつぶやきながら鷹央をにらむ。鷹央は「なんでもない！　なんでもない！」と胸の前で両手を振った。本当に苦手なようだ。

「いやあ、小鳥先生には一度会ってみたかったのよねぇ」

小田原は僕をまじまじと見つめてくる。

「あの、小鳥ではなくて、小鳥遊なんですけど……」

そのあだ名、どこまで広がっているんだ？

「それで小鳥先生、ちょっと聞きたいことがあるんだけど……いい？」

「聞きたいことですか？」

「小鳥先生、あなた……鷹ちゃんの恋人だっていう噂は本当なの？」

「……は？」

一瞬、なにを言われたのか分からず、思考が停止する。

「そんなわけないじゃないですか！　僕はたんなる部下です！」

　数秒の硬直のあと、我に返った僕は慌てて否定する。

「えー、そうなの？　あ、けど、実はちょっといい雰囲気で、友達以上恋人未満ってところだったりして。鷹央ちゃん、全然ファッションに気を使ってないけど、ちゃんと化粧とかしたら結構可愛《かわい》くなると思うのよね。どう、実はちょっとタイプだったりしないの？」

　小田原はぐいぐいと迫ってくる。なんなんだ、この人は。中身が完全に女子高生だ。

「いえ、僕はどちらかというと大人っぽい女性の方が。鷹央先生みたいな子供みたいな……いつっ！」

　思わず本音を語ってしまった僕は、鷹央に思い切り向こうずねを蹴《け》り飛ばされる。

「私がなんだって」

「いえ、……なんでもありません」

　痛みに歯を食いしばりながら、僕は言葉を絞り出す。

「まったく、なんで私がこんなむさ苦しい男とつきあわないといけないんだよ」

「えー、そうなんだぁ。せっかく私の夢がかなうと思ったのに。残念」

　小田原は濃いめに口紅が塗られた唇を尖《とが》らしながら、両手を後頭部で組む。

「お前の〝夢〟ってなんだよ？」

「え、鷹ちゃんが妊娠したら、私が担当になって、鷹ちゃんの赤ちゃんを取り上げること。鷹ちゃんの赤ちゃん、可愛いだろうなぁ」

「……そ、そうか」

両手を合わせ、楽しげに言う小田原を見ながら、鷹央は顔を引きつらせる。本気で引いているようだ。

「あの、小田原先生。ちょっと伺いたいんですけど。……僕と鷹央先生がつきあっているっていう話はどこから？」

なかば答えを予想しながらも、僕は小田原に訊《たず》ねる。

「えー、先月ぐらいに、救急部で研修していた一年目の研修医が、みんなに言いふらしていたわよ。えっと、名前はなんて言ったっけ。ショートカットの元気な女の子」

「……誰だか分かりました。もう結構です」僕は軽い頭痛を感じながら言う。

やっぱり鴻ノ池《こうのいけ》の仕業か。あいつ、覚えておけよ。

「それで、赤ちゃんの幽霊を妊娠しているって子は？」

小田原はきょろきょろとあたりを見回す。

「落ち着いてから来るらしい。ちょっと混乱しているみたいだったからな」

両手を天井に向け、大きくのびをする鷹央を横目に、僕は数分前の出来事を思い出す。泣きはらして診察室から出てきた美香を見て、母親の静子は顔を真っ赤にし「娘になにをしたの！」と鷹央に詰め寄った。そんな静子に向かって鷹央は平然と、「患者のプライバシーだから、母親だろうが話せない」と告げ、静子の怒りに油を、というかガソリンを注ぎ込んだ。

激高した静子が騒ぎ続けるそばで、美香は「少し落ち着いてから行きます」と言って、僕たちを先に行かせたのだった。

「その人たちが統括診断部ですか」

部屋の奥から男の声が聞こえてくる。視線を向けると、若い男性医師が不機嫌そうに顔をしかめながら外来ブースから出てきた。

「彼はうちの科の篠崎《しのざき》。これから検査する石井美香さんの主治医ね」

小田原が自分の部下を紹介する。篠崎は明らかに苛《いら》ついた様子で近づいてくる。

「篠崎、こちらは統括診断部の……」

「知っています。俺が紹介状を書いたんですから」

篠崎はやや伸びすぎの髪をがりがりと掻《か》く。

「まったく、あの母親の妄想を聞いてさえくれればよかったのに、なんで自分たちまで妄想に巻き込まれているんですか」

「お前は、あれが妄想だと確信しているのか？」鷹央は篠崎を睨《ね》め上げる。

「当たり前じゃないですか。中絶した子供が戻った？ 胎児の幽霊？ 馬鹿馬鹿しい」

「検査をするまでは妊娠していないかどうか分からないだろ。中絶手術に失敗したって可能性もあるしな」

「俺はちゃんとやりましたよ！　なんだよ、いちゃもんつけてくるのかよ」

「まあまあ、検査をしたらはっきりするでしょ。あ、そうだ。そろそろ患者さん来るんじゃない？」

二人の間に割り込んだ小田原が、おっとりとした口調で言った。

篠崎は「患者が来たら呼んでください」とつぶやくと、もといたブースへと戻っていく。小田原が苦笑を浮かべる。

「ごめんね、鷹ちゃん」

「べつに気にしていない。私に対して敵対心を抱く奴《やつ》らは多いからな」

鷹央は平板な声で言う。その言葉のとおり、この病院では鷹央を嫌っている医師も少なくなかった。

「年齢を重ねれば人間としての価値が上がると思っている馬鹿どもは、若くて女の私が副院長と統括診断部の部長を務めていることに我慢できないんだろうな。まあ正直、副院長なんて面倒な仕事は、熨斗《のし》つけてゆずってやりたいぐらいなんだけどな」

「だめよ鷹ちゃん、そんなこと言っちゃあ。部長たちの中には、隙を見て鷹ちゃんを引きずり下ろそうとしている人たちもいるんだから。副院長を辞めたいなんて聞かれたら、その人たち、本格的に動いてくるかも」

小田原が鷹央の頭を撫でながらたしなめる。鷹央は不愉快そうに頭を振った。

「そんなこと言われても、実際やる気ないんだよ。ちなみに誰だよ、そんな馬鹿らしいこと画策している奴らって？」

「主に外科系の部長たちね。とくに……院長の息のかかっている連中」

小田原は唇の片端をつり上げ苦笑する。

「院長……叔父貴《おじき》か……。相変わらずくだらないことやっているな、あいつ……」

鷹央は低い声で言うと、大きく舌打ちをした。なにやら確執があるようだ。

「ああ、なんか話がそれちゃったわね。まあ、篠崎に関してはべつに鷹央ちゃんが気に入らないってわけじゃなく、たんに自分が執刀した手術が疑われているって感じて、へそ曲げているだけだから気にしないで」

小田原は慌てて、その場を取り繕うように言う。

「中絶手術が失敗した可能性も私は否定していないぞ。まあ、それ以上に可能性が高いものがあるけれどな」

鷹央の口調は普段のものに戻っていた。小田原は小さくうなずいた。

「……そうよね。話を聞くと、たぶん〝あれ〟よね」

どうやら、鷹央だけではなく小田原も、美香の体になにが起こっているのか見当がついているらしい。

「それって……」

「あのー、石井美香さんという患者さんがいらっしゃいましたけど」

僕が質問を口に出そうとした瞬間、入り口の扉が開き看護師が顔を出した。

「来たか。よし、それじゃあさっそく検査といくか」

鷹央は胸の前で両手を合わせる。しかし普段の〝謎《なぞ》〟を解くときに比べ、そのテンションがあまり高くないことが気になった。


壁とカーテンで仕切られた四畳半ほどの空間に六人もの人間が詰め込まれ、軽く息苦しさを感じる。産婦人科外来の一番奥にある検査スペース。ベッドに腹部をさらけ出した石井美香が横たわり、その周りを四人の医師と石井静子が取り囲んでいた。これから行うエコー検査のため、明かりは落とされ周囲は薄暗かった。

「それじゃあ始めます」

あからさまに面倒そうに言いながら、ベッド脇の椅子に座った篠崎が、プローブを美香の下腹部に当てた。

ディスプレイに白と黒のコントラストで子宮が映し出された。僕の前に立つ鷹央と小田原が身を乗り出して画面にかぶりついたため、僕からはまったく画像が見えなくなる。

しかたないか。僕はすぐに画像を見ることをあきらめた。五年間も外科医をやっていたので、腹部エコーは読めるが、子宮のエコーに関してはほとんど分からない。

ふと僕は、美香の顔がゆがんでいることに気がついた。検査が不安なのだろうか？いや、不安というより痛みをこらえているような顔だ。もしかしたら、腹痛がぶり返しているかもしれない。

数分間、位置や角度を変えながら押しつけていたプローブを、篠崎は美香の腹から離す。その瞬間、美香は目を固く閉じ、唇を嚙《か》んだ。かなり痛そうだ。

「ごらんのような結果ですよ。満足ですか？」

篠崎は振り返って鷹央を見ると、挑発的な口調で言う。鷹央は「ああ、十分だ」とつぶやくと、つまらなそうに唇を尖らせる。

「どうなんですか？　娘は本当に妊娠しているんですか？」

緊張に耐えられなくなったのか、静子が甲高い声を上げる。腹についた検査用ゼリーを小田原に拭《ふ》いてもらった美香も、不安げに鷹央に視線を送る。

鷹央は小さく息を吐くと、美香を見た。

「お前は妊娠していない」

「えっ？」

美香は呆《ほう》けた声を上げると、力なく顔を左右に振った。

「そんなはずありません。だってつわりが……、それにおなかも痛くて……」

「いや、子宮内をくまなく調べ、卵巣や卵管もチェックしたが、エコーで胎嚢は確認できなかった。お前は妊娠していないんだ。中絶手術はしっかりと行われていた」

淡々と鷹央は語る。篠崎はわざとらしく大きなため息をついた。

「それじゃあ、なにも問題がないってことですね」

娘が妊娠していないことに安堵したのか、静子はうって変わって明るい声で言う。

そんな静子に、鷹央は冷たい視線を投げつけた。

「問題がないわけないだろ。実際につわりや腹痛が起きているし、弱い炎症も起こっている。お前の娘の体は妊婦の状態になっているんだぞ」

鷹央に鋭い言葉を投げつけられ、静子は顔をこわばらせた。

「どういうこと？　娘は妊娠していないんでしょ。なのに妊婦の状態って？」

静子は鷹央から視線を外すと、篠崎に訊ねる。鷹央の態度に怯えたらしい。

「いえ、それは……。美香さんが妊娠していないことは確実なんですが……」

篠崎は歯切れ悪くつぶやく。

「そんなの嘘《うそ》！」

うつむいていた美香が突然声を張り上げた。

「私は感じるんです。おなかの中に赤ちゃんがいることを。あの子は戻ってきてくれたんです、絶対に！　絶対に……」

篠崎をにらむ美香の目に涙が浮かぶ。篠崎は反論することもできず、逃げるように美香から視線を外した。美香の押し殺した嗚咽が響く。

それまで黙って成り行きを見守っていた小田原が、ゆっくりと美香の隣に腰掛け、その背中をなではじめた。美香はゆるゆると顔を上げ、小田原を見る。

「つらいわよね。おなかの中に赤ちゃんがいると思っていたのに、その子がいないなんて言われたら」

さっきまでの女子高生のような態度とはうって変わり、落ち着いた大人の口調で小田原は言う。美香は歯を食いしばってうなずいた。

「私もね、息子がいるの。もう中学生になっているから、産んだのはかなり前だけどね。そして、その前には一回流産している。だから、妊娠した気持ちも、赤ちゃんを失う気持ちもよく分かる」

中学生の息子、ということはやっぱり年齢は……。思わず計算しそうになった瞬間、横目で小田原ににらまれ、僕は慌《あわ》ててうつむく。

「中絶したとき、つらかったのよね。つらくて、そのあともずっと自分を責めていたのよね」

背中をさすったまま柔らかく言う小田原に、美香は再びうなずいた。

「あなたは赤ちゃんを失ったことがつらくて、すごく強いストレスを受けたの。そして、つらすぎて、あなたの脳は幻想の赤ちゃんを作り出した。それはしかたがないことなのよ」

小田原は美香の肩に手を置く。

「幻想の……赤ちゃん……」

たどたどしい口調で、美香はその言葉をおうむ返しにした。

「そう、あなたの脳と心は、赤ちゃんを失った傷を埋めるために赤ちゃんがいると思い込んだ。精神は体に影響を与えるの。あなたの体は妊娠中と同じホルモンを分泌《ぶんぴつ》しだし、妊娠しているような変化をしていった。『想像妊娠』っていわれる症状ね」

『想像妊娠』。それがさっき鷹央と小田原が言っていた〝あれ〟なのか。

「想像……、この子も……。この子が、〝想像〟、なんですか？　つわりも、おなかが痛いのも、ここに赤ちゃんがいるって感じるのも」

美香はすがりつくような目で小田原を見る。小田原は包み込むような、そして哀しげな笑みを浮かべた。

「残念だけど、たぶんそう」

小田原の回答を聞いた美香は、自分の下腹部に手を当てる。

「我慢しなくていいのよ。いっぱい泣いていいの。いまあなたが感じている子は、現実には存在しないかもしれない。けれどいつか、何年後になるかわからないけれど、あなたはきっと本当の赤ちゃんを授かることができる。いま感じている赤ちゃんへの愛情を忘れずに、その子に注いであげて」

数十秒の沈黙のあと、美香は蚊の鳴くような声で「……はい」とつぶやくと、肩をふるわせはじめる。さっきよりも遥かに大きな泣き声をあげはじめた美香の肩を、小田原が優しく抱く。

「あの、それで娘はこのあと……どうなるんですか？　なにか治療とか必要なんでしょうか？」

美香の肩を抱く小田原に、静子がおずおずと訊ねる。

「美香さんはいま、つらかっただろうけど現実を受け入れてくれました。そのうちホルモンバランスも正常な状態になり、いま生じている症状も消えていくでしょう」

そこまで言うと、小田原は静子の目をまっすぐに見る。その視線の圧力に押されるように、静子は一歩あとずさった。

「お母さん、想像妊娠の多くは、強いストレスにさらされた場合に生じます。今回は納得していない状態で中絶手術を受けたこと、そしてそのあと家から出られなかったことが原因だと思われます」

静子は拗《す》ねた子供のように、そっぽを向いて目を伏せる。

「このままでは、たしかに妊娠兆候は消えると思いますが、娘さんの精神に重大な問題が生じる可能性もあります。医師としては、娘さんをもとの生活に戻してあげることを強くおすすめします」

「けれど、そんなことをしたらまたあの男と……」

静子は勢いよく顔をあげる。しかし、小田原の鋭い視線に射貫《いぬ》かれ、口をつぐんだ。

「美香さんはまだ未成年ですけど、十七歳という年齢は、分別のない子供というわけではありません。その年齢で異性と交際するのは、おかしなことでも間違ったことでもありません。今後のことはぜひ、親子でよく話し合ってください。娘さんを一人の人間として尊重しながら」

静かに言う小田原の口調から、静子を責めるような雰囲気は消えていた。

数十秒の沈黙のあと、静子はうつむく美香に泳いだ視線を向けると、震える手を伸ばしていく。その表情には、深い後悔が刻まれているように見えた。

母の手が肩に触れた瞬間、美香は体を小さく震わせ、母を見上げる。静子は勢いよく娘を抱きしめた。

「……ごめんね。……本当にごめんね」

めがねの奥の目を充血させながら、静子は謝罪の言葉を繰り返す。

美香はためらいがちに母の体に腕を回していく。

どこかぎこちなく抱き合う親子を眺めていると、白衣の袖《そで》を引かれた。

「小鳥、行くぞ」

隣に立っていた鷹央が、出口に向かってあごをしゃくる。

「いいんですか？」

「もう私たちにやれることはないだろ」

「……そうですね」

僕はうなずくと、さっさと歩きはじめた鷹央のあとを追う。診察室から出る寸前、僕は振り返る。なにか漠然とした不安が胸の中にわき上がってきた。

「なにやってるんだ、行くぞ」

「あ、はい」

頭を振ってもやもやした気持ちを振り払うと、僕は廊下へと出る。背後で扉が閉まる音が、やけに大きく鼓膜を揺らした。

3

「なんか疲れたたな」

産婦人科外来から屋上にある〝家〟に戻った鷹央は、勢いよくソファーに倒れ込む。小さな体がスプリングの効いたソファーの上で跳ねた。

「先生はいつ頃から気づいていたんですか？　想像妊娠だって」

「最初に石井静子の話を聞いた時だ。ただ、確信があったわけじゃない。いろいろある可能性の中で、状況的にその可能性が一番高いと考えていただけだ。石井美香が本当に妊娠していることも十分にありえた。だから検査が必要だったんだ」

鷹央はソファーの上で横になったまま、脇《わき》に積まれていた〝本の樹〟の一番上に置かれたマンガを手に取り、ぱらぱらとめくりはじめる。

「けれど珍しかったですね、先生が〝謎〟の説明を他人に任せるなんて」

普段なら得意げに胸を反らしながら、滔々《とうとう》と説明するというのに。

「中絶した胎児の幽霊を身ごもったっていうのは、なかなか興味をひかれる話だが、実際にはそれほど大きな〝謎〟っていうわけでもなかったからな。小田原だって真っ先に思いついたみたいだし」

鷹央はどこか歯切れ悪く言う。

「それだけじゃないでしょ」

僕はソファーの脇に立ちながら、マンガを読んでいる鷹央に視線を向ける。

「ああ、……それだけじゃないな」

マンガを眺めたまま、鷹央はどこか自虐《じぎゃく》的な笑みを浮かべた。

「今回の場合、私ができるのは『想像妊娠』と診断をつけることだけだ。けれど、あの親子に一番必要なのは、診断ではなく今後へのケアだ。そうだろ」

「……たしかにそうですね」

「私にはそういうことはできない。苦手だからな」

鷹央は少し寂しそうにつぶやいた。

「それでも、鷹央先生がちゃんと静子さんの話に興味を持って、診断をつけたからこそ、小田原先生がうまくまとめることができたんですよ」

「ああ、そうかもな」

鷹央はマンガを脇に置くと、小さく息を吐く。

「しかし、小田原の説得は圧巻だったな。まさに年の功っていうやつだ。だてに四十三年も生きていないよな」

「……四十三歳なんだ」

「ああ、四十三歳で、十五歳の息子がいる。最近、若作りしていることを息子に嫌がられているのが悩みだ」

「……そんな個人情報、知りたくなかったんですが」

それを知っていることで、いつか身に危険が及びそうな気がする。

「さて、今日はそろそろお開きにするか」

鷹央はソファーから立ち上がって大きくのびをする。

「そうですね。それじゃあ、僕は帰り……」

そこまで言ったところで、頭の中を虫が這《は》ったような感覚を覚え、僕は顔をしかめた。

「うん、どうかしたのか？　残尿で悩む老人みたいな顔して。その歳《とし》でもう前立腺が肥大を……」

「そっちの方は大丈夫です！　ただ、ちょっと……しっくりこないというか」

「しっくりこないって、石井美香のことか？　なにが気になるって言うんだよ」

「いえ、それが分からなくて、なんとなく気持ちが悪いんですよね」

僕は目を閉じると、産婦人科外来で見たことを思い出す。いったい僕はなにがこんな気になっているのだろう？

ふと脳裏に、脂汗を浮かべ顔をゆがめる美香の姿がフラッシュバックした。口から「あ！」という声が漏れてしまう。

「なんだよ、変な声だして。やっぱり前立腺が……」

「だから、そっちは大丈夫ですって。それより鷹央先生、想像妊娠で腹膜刺激症状って出ますか」

「腹膜刺激症状？　出るわけないだろ。なんの話なんだ」

「いえ、エコー検査している時ですね、子宮のエコーなんてよく分からないから、画面じゃなくて患者の方を見ていたんですよ。そうしたら美香さん、プローブを押し込まれたときにも顔をしかめたんですけど、それよりプローブを離した瞬間にもっと痛そうに歯を食いしばったんです」

僕の説明を聞いた鷹央は数度まばたきをすると、ネコに似たもともと大きな目をさらに大きく見開いた。

「……ブルンベルグ徴候」鷹央は震える声でつぶやく。

ブルンベルグ徴候。腹壁を圧迫したあと急に解除すると、その部分に強い痛みが生じる症状。腹膜炎などで、腹膜に炎症性の刺激があるときに生じるとされている。

「ブルンベルグ徴候があった……、ｈＣＧも高くて、妊娠の徴候も……」

鷹央の小さな体が細かく震える。

「ああ！」

鷹央は声を上げるとソファーから立ち上がり、部屋の反対側にあるデスクへと走る。途中に置かれていたいくつかの〝本の樹〟にぶつかり、積み上げられていた本が床に散乱する。

鷹央はデスクに置かれた内線電話の受話器を鷲《わし》づかみにすると、乱暴にボタンを押していった。

「小田原！　小田原か？　石井美香はそこにいるか？　あいつを帰しちゃだめだ！　想像妊娠じゃない。私たちは間違っていた！」

息も絶え絶えに鷹央は叫ぶ。電話の奥で小田原がなにかを言ったらしい。鷹央の顔が青ざめていく。鷹央は受話器を放り捨てると、出口へと走った。

「ちょっと、先生。どうしたんですか？」

僕は慌てて鷹央に続いて〝家〟から出る。

「間違っていた！」

屋上を階段室に向かって走りながら、鷹央はヒステリックに叫ぶ。

「間違っていたって、美香さんのことですか」

「そうだ。腹膜刺激症状が出ているとなると、完全に話が変わってくる」

「いや、僕も絶対にブルンベルグ徴候が出ていたかどうか確信は……」

「お前は元外科医だ。外科で虫垂炎やら胆嚢炎《たんのうえん》やらをくさるほど見てきたんだろ。そのお前が出ていたと判断したんだ。出ていたはずだ」

鷹央は階段室の扉を開け、階段を駆け足で下りはじめた。

「なにをそんなに焦《あせ》っているんですか？」

鷹央と並んで階段を下りながら訊ねる。

「私は間違っていたんだ。症状から想像妊娠だと思い込んで、ほかにも可能性があることに気づかなかった。なんて馬鹿なんだ！」

十階のエレベーターホールについた鷹央は、苛立たしげにボタンを連打した。すぐにエレベーターの扉が開いた。鷹央と僕は中へと滑り込む。

「あの、ほかの可能性って……」

「あとで説明してやる。それより、いまは石井美香を見つけるんだ」

息を乱しながら、鷹央は言う。

「え？　産婦人科外来にはいないんですか？」

「数分前に帰ったらしい。まだ院内にいるはずだ。このまま家に帰したら、大変なことになるかもしれない」

エレベーターが一階につく。開きはじめた扉の隙間《すきま》に、鷹央は小さい体をねじ込んでいく。もう午後七時近い時間だけあって、一階には見舞い帰りの人々や警備員がぱらぱらといるだけだった。見回したところ、石井親子の姿は見当たらない。

「外だ！」

鷹央は短い足をちょこまかと動かしながら、出口へと走った。病院から出た僕たちはあたりを見回す。

「いた！」

鷹央が甲高い声を上げ、右側を指さす。二十メートルほど先にあるタクシー乗り場に、探していた親子がいた。二人の姿を見て僕は息を飲む。美香は顔をしかめてうずくまり、静子が寄り添いながらそんな娘をおろおろと眺めていた。

「大丈夫ですか？　どうしたんです？」

駆け寄った僕を、静子はすがりつくような目で見上げた。

「急におなかが痛いって言い出して。またすぐにおさまるかと思ったんですけど、どんどん悪くなっているみたいなんです！」

僕はうずくまっている美香のそばに膝《ひざ》をついた。痛みにゆがんだその顔は蒼白《そうはく》で、息が乱れていた。額に浮かんだ脂汗が外灯の光を反射する。長年救急部で治療にたずさわった経験が、脳内に警告音を響かせた。

「小鳥、ストレッチャーを持ってこい！　救急室に搬送するぞ」

追いついてきた鷹央が指示を飛ばす。

「どういうことなんです？　これも想像妊娠のせいなんですか？」

静子があえぐような声で叫んだ。

「いや、これは想像妊娠による症状じゃない。私たちの診断が間違っていた」

鷹央は顔を左右に振りながら、美香の正面にひざまずく。美香は苦痛でゆがんだ顔を上げた。

「お前は本当に妊娠している。お前は正しかったんだ」

　鷹央は険しい表情で言った。

＊

「美香さんは大丈夫？」

「どういうことなんですか⁉」

　救急処置室に小田原と篠崎が転がり込んでくる。救急部のスタッフより連絡がいったらしい。

「病院をでたところで腹痛で動けなくなっていました。搬送時、血圧七十四の四十、脈拍百十八のショック状態です」

　ベッドの脇で美香の手背《しゅはい》に点滴針を刺しながら、僕は早口で状態を説明する。数分前、ストレッチャーに乗せてこの救急部に運び込んだ時点で、美香の血圧は低下し、ショック状態になりかけていた。さらにベッドに乗せて処置の準備をするうちに、みるみる状態は悪化して、いまでは意識が朦朧《もうろう》としている。

「ライン確保！」

　プラスチックでできた点滴針の外筒を美香の血管に押し込み、それに点滴ラインを接続した僕は声を上げる。

「生理食塩水を全開で流せ。かなり出血しているはずだ。もう二、三本ラインを確保しろ。輸血も必要になるかもしれない。採血して、輸血部にも連絡を」

エコーのプローブを美香の腹に当てながら、鷹央が素早く指示を飛ばす。看護師や研修医が素早くその指示に従っていく。さすがに毎日緊急処置を行っているだけあって、その動きはよどみなかった。

「ショックって……。いったいどういうことなんですか？ 説明してください！」

篠崎が声を嗄《か》らして叫ぶ。額に汗を浮かべた鷹央は、エコー機器のディスプレイを食い入るように見たまま口を開いた。

「想像妊娠じゃなかったんだ。私たちは大きな勘違いをしていた。本当に妊娠はしていたんだ」

「そんなはずない！ 俺が中絶手術に失敗したっていうのかよ？ 俺は絶対に……」

「中絶手術は失敗していない。ただ、私たちは勘違いしていた……」

鷹央は悔しげに唇を噛みながら言葉を続ける。

「胎児は一人しかいないってな」

鷹央の言葉に、篠崎、小田原、僕、そして少し離れた位置で心配そうにこちらを見ている静子が目を見開いた。

「まさか……双生児？」

小田原が眉根《まゆね》を寄せる。その隣で、篠崎は苛立たしげに顔を左右に振った。

「そんなことあるわけない。俺はちゃんと子宮をしっかり調べた。間違いなく胎児は残っていなかったはずだ」

「ああ、その通りだ。私たちはそれで妊娠していないと判断してしまった。けれど私たちがそんな間抜けな診断を下しているとき、うちの小鳥が気づいたんだよ。ブルンベルグ徴候が出ているってな」

「ブルンベルグ……？」

いぶかしげにつぶやいた篠崎が、次の点滴ルートを確保しようとしている僕を見下ろす。そんな目で見られても困るんだよ。僕だってなにが起こっているのか分からないんだから。

とりあえずいまは、美香の全身状態を安定させることが第一だ。症状から、出血性のショックを起こしている可能性が高い。外に血があふれていないところを見ると、おそらくは腹腔《ふくくう》内で大量出血している。

「いたぞ！」

唐突に鷹央が声を張り上げる。反射的に顔を上げると、美香の右下腹部にエコーのプローブを当てた鷹央が、ディスプレイを指さしていた。そこに映し出されたものを見て、喉《のど》から「うおっ⁉」という声が漏れてしまう。

画面には白と黒のコントラストで、『人』が映し出されていた。人形のような形、しかしその胸部では弱々しく、しかしたしかに心臓が鼓動している。それは間違いなく、胎児を映し出したものだった。

「……腹膜妊娠」

立ち尽くした篠崎が呆然《ぼうぜん》とつぶやいた。

「そうだ。今回は受精した二つの卵子のうち一つは正常に子宮内に、そしてもう一つは卵管から腹腔内にこぼれ、腹膜に着床して腹膜妊娠になった。子宮外妊娠の一種だ。子宮内の受精卵は中絶手術により排出されたが、腹腔内の受精卵はそのまま成長していたんだ」

鷹央はエコー機器のボタンをせわしなく押し、胎児の大きさを測定していく。

「つまり、二週間前から石井美香が感じていた腹に胎児がいるという感覚、それは正しかったんだ。それを私たちは子宮内に胎児がいないことで、〝気のせい〟で片付けて、見当違いの診断を下してしまった」

表情をゆがめた鷹央は、血を吐くようにしゃべり続ける。

「けれど、なんでショック状態になっているんですか⁉」

新たに確保した点滴ルートに生理食塩水を流し込みながら、僕は声を上げる。

「たぶん、腹膜上で成長した胎盤がはがれて、腹腔内で大量出血しているのよ」

鷹央の代わりに答えた小田原は、振り返って救急部のスタッフを見る。

「すぐに手術室と麻酔科に連絡して！　緊急オペを入れるって。私が執刀するから、篠崎、あんたは助手をやりなさい」

「……は、はい」口を半開きにしていた篠崎は体を硬直させた。

「美香は、娘は大丈夫なんですか？」

それまで離れた位置で話を聞いていた静子が、おぼつかない足取りで近づいてくる。

「いまお聞きのとおり、娘さんは子宮の外、腹腔という正常でない場所で妊娠し、そこから大量に出血しています。開腹手術でその部分を除去することで、出血を止めることができます」

小田原が簡潔に状況を説明する。

「早く！　それなら早くやってください！」

「分かりました。準備ができ次第、手術にかかります。すぐに同意書を作りますので、それにサインを……」

「だめ！」

悲痛な叫び声が小田原の声を遮る。周囲にいた人々の視線が、ベッドの上に向いた。そこでは美香が上半身を起こし、僕たちを見ていた。どうやら大量輸液で血圧が上がり、意識がはっきりしてきたらしい。

「この子をまた取るつもりなんでしょ。そんなこと絶対に許さない」

美香は敵意に満ちた視線を周囲に向ける。

「けれど、そうしないと出血が止まらないの。それ以外に方法がないのよ」

小田原が一歩前に出て説得を試みた。

「そんなこと関係ない！　私は絶対にこの子を守るんだから」

大声で叫んだ瞬間、美香の体がぐらりと揺れた。やはり一時的に血圧は上がったが、状態はかなり悪いのだ。

「おねがい美香、言うことを聞いて！」

静子が金切り声を上げるが、美香は外界のすべてを拒絶するかのように身を丸めるだけだった。

「お願いします、先生。早く手術をしてください！」

娘の説得が難しいことを悟ったのか、静子は小田原にしがみつく。小田原の顔に迷いが浮かんだ。

このような緊急事態では、母親である静子の了承さえとれれば、未成年である美香に対し手術を実施することができる。しかしいま手術を強行すれば、美香の心に大きな傷を残すことになるだろう。ただ、十分に時間をかけて説得する余裕もなかった。

誰もがどうしていいか分からず、動けなくなる。そんな身を焦《こ》がすような空気のなかで鷹央が動いた。

ベッドに身を乗り出した鷹央は、両手で美香の顔を挟み、強引に自分の方に向ける。

「ぐだぐだわがまま言っているんじゃない！　さっさと手術を受けるんだ！」

あまりにもストレートな物言い。美香の表情が怒りでゆがむ。

「なに勝手なこと言ってるのよ！　さっきは赤ちゃんがいないって言ったくせに！」

美香は鷹央の手を振り払いながら叫ぶ。

このままではさらに事態が悪化すると思ったのか、小田原が二人の間に入ろうと一歩前に出る。その瞬間、僕はほとんど無意識のうちに、小田原の肩に手を伸ばしていた。小田原は振り返ると、不審そうに僕を見る。

「少し、少しだけ鷹央先生にまかせてあげてください」僕は小声でささやいた。

鷹央は自分がこの手の説得が苦手だということを知っている。それにもかかわらず、いま美香の説得を試みているのだ。ここは鷹央に賭《か》けてみたかった。

小田原は数秒間、顔に激しい逡巡《しゅんじゅん》を浮かべたあと、ためらいがちにうなずいた。

「たしかに私たちの診断は間違っていた。そのせいでお前の状態がここまで悪くなった。それに関しては私たちの、……私のミスだ。いいわけなどできない。ただそのうえで言う。手術で胎児ごと取り出さないと、お前は助からない。今日中に失血死する。お前が命を落とせば、どちらにしろ胎児は死ぬ」

鷹央は事実をオブラートに包むことなく美香にぶつけていく。高校生が受け止めるにはあまりにも重いその現実に、美香の顔の筋肉がこわばっていく。

「なんとか赤ちゃんを助ける方法はないんですか？　どうにか……」

「奇跡的に、腹膜で育った胎児が無事に生まれた例はあることはある」

「それなら私も……」

美香の顔が一瞬ほころんだ。

「いや、お前の場合はその可能性はない。これだけ出血しているということは、胎盤が腹膜から剝離《はくり》しているんだ。すでにほぼ流産している状態だ。胎児が助かる可能性はゼロだ。私がエコーで見ている時点で、胎児の心拍は止まりかけていた」

「そんな……」

再び絶望で満たされた表情になった美香は、自分の腹に視線を落とす。

「残念ながら、いまの医療技術では胎児は救えない。けれどお前を助けることはできる。だから手術を受けるんだ。それ以外に選択肢はない」

「いや！　絶対にいや！　それなら私もこの子と一緒に死ぬ！」

美香は頭を抱えて叫ぶ。鷹央はそんな美香の胸ぐらをつかむと、無造作に引きつけた。鼻先が触れそうなほどに二人の顔が近づく。

「な、なによ……」

「お前は赤ん坊に母親を殺させるのか」

美香の体が大きく震えた。

「なにを言って……」

「このままだと、お前は胎児のせいで命を落とすことになる。言い換えれば、胎児がお前の命を奪うことになるんだ」

「……そんな」

美香は両手で自分の肩を抱くようにしながら、身を震わせはじめる。

「まだ、その胎児には〝意識〟というものも存在していないだろう。けれどお前の子供であることは間違いない。親の命を奪うなんて重荷を背負わせるな」

鷹央は一拍間を置くと、美香の目をまっすぐに見る。

「その子供に、母親を救うという最期《さいご》の仕事をやり遂げさせてやれ」

言葉を終えた鷹央は美香に視線を送り続ける。美香は唇と目を固く閉じたまま、なにも言わなかった。周囲にいる誰もが、固唾《かたず》をのんで美香の返事を待つ。

一分、二分……。じりじりとした時間が流れていく。

たっぷり三分ほど黙り込んだあと、美香はゆっくりとまぶたを上げると、震える唇を開いた。

「手術……して下さい」

美香がそうつぶやいた瞬間、張り詰めていた空気がわずかに緩んだ。

「手術室、準備できました！」

内線電話を手にした看護師が声を張り上げる。

「すぐに行くって伝えて」

小田原が指示を出しながらベッドに近づき、静子を手招きする。おそらく親子に手術について説明するのだろう。小田原に場所を譲るように鷹央がベッドから離れ、こちらに近づいてきた。

「お疲れ様でした」

「ああ……」

鷹央はつまらなそうに唇を尖《とが》らしながらため息をつく。

「最後、かっこよかったですよ」

僕が言うと、鷹央は鼻の付け根にしわを寄せながら、僕の向こうずねを蹴《け》ってきた。

「いてっ、なにするんですか、せっかく褒めたのに」

「うっさい」

頬を膨らませる鷹央のうしろで、ストレッチャーにのせられた美香が救急室から運び出されていく。そのあとを、小走りで小田原と篠崎が追いかけていった。

「美香さん、大丈夫ですよね」

「ああ、輸液で状態は安定しているし、手術自体はそれほど大変なものじゃない。小田原の腕もたしかだ。問題なく助けられるだろう」

僕は疲れ果てた声で言う鷹央を見る。その視線に気づいたのか、鷹央は不愉快そうに僕をにらんだ。

「なんだよ?」

「いえ、別に。本当にお疲れ様でした」

「……ああ、本当に疲れたよ」

鷹央は美香の消えていった扉を見つめながらつぶやいた。

＊＊＊

「そうですか。どうも連絡ありがとうございました」

僕は電話先の看護師に礼を言うと、内線電話の受話器を戻す。

石井美香が手術室へと搬送されてから、二時間半ほどの時間が経《た》っていた。時刻は午後十時近くになっている。

救急室から屋上の〝家〟に戻った僕と鷹央は、この二時間半、本を読んだり、レトルトカレーで食事を取ったりしながらだらだら過ごした。その間、鷹央が石井美香の件について言及することはなく、僕もあえて口にはしなかった。

「どうだった？」

受話器を置いた僕に、ソファーに座った鷹央が声をかけてくる。その口調は普段どおり平板だったが、表情はかすかに不安げだった。

「美香さんの手術、問題なく終わったらしいです。開腹時に千五百ミリリットルの出血があったらしいですけど、術中はそれほど出血しないで済んだってことです」

「そうか」

鷹央は大きく息をつくと、ソファーの背もたれに体重をかける。

「よかったですね、無事に手術が終わって」

「だから大丈夫だって言っていただろ。小田原は変態だけど、腕はいいんだ」

そうは言いながらも、露骨に安堵している鷹央を見て、僕は苦笑してしまう。

いろいろトラブルはあったが、結果的にはうまくいってよかった。

さて、夜も遅いしそろそろ帰るとするかな。僕がそんなことを考えていると、ぼそりと鷹央がつぶやいた。

「……今日は助かった」

「はい？」

一瞬、なにを言われたか理解できず、聞き返してしまう。鷹央は不満げににらみつけてくる。

「だから、今日は助かったって言ったんだよ。お前がブルンベルグ徴候に気づかなきゃ大変なことになっていただろ」

「……なにか悪いものでも食べました？」

「なっ⁉　なんだよその言いぐさは。人がせっかく素直に感謝しているのに」

「いや、鷹央先生がそんなこと言い出すと、なんて言うか、正直ちょっと気持ち悪いと言うか……」

僕が正直な気持ちを口にすると、鷹央は頰を膨らませてそっぽを向いた。

「まあ、たしかに反跳痛には気づきましたけど、僕だけじゃあそこから腹膜妊娠なんて思いつかなかったですよ」

僕の言葉を聞いて、鷹央は体をぴくりと震わす。

「あの時点で先生がすぐに診断をつけたからこそ、美香さんが助かったんですよ」

僕はだめ押しで鷹央を持ち上げてみる。専門家である小田原や篠崎も腹膜妊娠に気づけなかったのだ。腹膜刺激徴候があったという情報だけで、一瞬で正しい診断を下した鷹央の洞察力があったからこそ、美香を救命できたことは間違いなかった。

「……けれど、そもそもお前がブルンベルグ徴候に気づかなければ、診断も下せていなかったし」

「僕も五ヶ月間、ここで勉強させてもらっていますからね。昔よりは目端が利《き》くようになりました」

　その言葉に嘘《うそ》はなかった。この統括診断部で様々な症例を目にしてきたことで、元外科医の僕にも、内科医としての実力がかなりついてきていた。

「そうだな。私の指導があったからこそ、お前が気づくことができたんだな。そもそも、腹膜妊娠は診断が難しいんだ。きわめて珍しいうえ、エコーなどで見つけるのはかなり困難だからな。まあ、私はすぐに見つけられたけどな」

　鷹央は数十秒前とうって変わって機嫌よく言う。本当に単純な人だ。

「それにしても最後の先生の説得、なかなか迫力ありましたよ。やればできるじゃないですか」

「あ、あのときは、ああ言うしかなかっただろ。早く手術しないとやばかったから、必死だったんだよ」

　鷹央は露骨に視線をそらす。どうやら照れているらしい。

「いやいや、褒めているんですよ。あんな熱い先生が見られるなんて、貴重な経験でした」

　僕は普段の反撃とばかりに、鷹央をからかい続けた。なかなかこんなチャンスはない。せっかくだから、普段の鬱憤《うっぷん》を少々晴らさせてもらうとしよう。

「そ、そうだ！　おもしろい写真があるんだけど見ないか」

挙動不審になった鷹央は、強引に話をそらそうとする。

「写真ですか?」

「そうだ。この前、ネットサーフィンしていたら見つけたんだよ」

鷹央は立ち上がってパソコンの前に移動すると、マウスをかちかちと操作してディスプレイに画像を表示させた。数人の白衣を着た男女が写っている画像だった。

「これは、八年前に荘王《そうおう》大学病院の産婦人科医局で撮られた写真らしい。そこの医者が自分のブログに貼《は》り付けていたんだ」

「はあ、それがどうしました?」

僕は目をこらして画面を見るが、特に〝おもしろい〟とは思えなかった。

「一番右に写っている女をよく見ろ」

「右ですか?」

僕は言われたとおり、右端に写っている女性に目を向ける。四十前後に見える女医だった。黒縁の眼鏡をかけ、どこか自信なさげに目を伏せている。かなり強いパーマのかかった長い黒髪が、野暮ったく見えた。

「気づいたか?」

「気づいたって、なににですか?」

「よく見ろって、目とかに特徴があるだろ」

「目？」

僕は言われたとおり、女性の目に注意を向ける。かなりの垂れ目……。

あれ、この目、どこかで見たような？　ごく最近……。

「え……ええ⁉」

それが誰なのかに気づいた僕は、思わず大声をあげる。

「ちなみに七年前、うちの産婦人科部長に荘王大学病院出身の医者が就任している」

「じゃあ、やっぱり……」

「ああ、それ、八年前の小田原なんだよ。すごいよな、八年前よりいまの方がはるかに若く見えるんだぞ。全然雰囲気違うだろ。うちの病院に来たときには、小田原はいまの感じだったから、たぶん病院を移るときに変身したんだよ。高校デビューならぬ病院デビューってやつだ」

けらけら笑う鷹央の横で、僕は画像を凝視する。いまとはまったくの別人だ。女って怖いな。

「それ見つけたとき、プリントアウトして、産婦人科外来の掲示板に貼ろうかと思ったよ」

「やめてあげてくださいよ。そんなことしたら……」

「ああ、小田原が激怒するだろうからやめた。あいつ、怒ると姉ちゃんの次に怖いんだよ」

なにかトラウマでもあるのか、鷹央の笑みが少し引きつる。

次の瞬間、玄関の扉が勢いよく開いた。僕と鷹央は反射的に振り返る。

「おっ疲れー」

テンションの高い声が部屋に響くと同時に、小田原が室内に入ってきた。

「な、なんだよいったい」

鷹央はうわずった声を上げると、慌てて立ち上がり、小田原からディスプレイを隠した。

「いやあ、手術もうまくいったし、あとのことは篠崎に任せたから、今日のことを肴《さかな》に鷹ちゃんたちと一杯飲みたいなぁ、とか思って。ここならお酒あるでしょ」

「さ、酒はあるけど、ノックぐらいしろよな」

「いやあ、不意打ちしたら面白いもの見られるかも、とか思ったのよねー」

「面白いもの？」

「ほら、二人がいちゃいちゃしている、十八禁のシーンとか」

小田原の顔に、いやらしい笑みが広がっていく。

「あの、何度も言いますけど、僕と鷹央先生はそういう仲では……」

「なぁんだ。本当に付き合っていないんだ。残念」

心から残念そうに言うと、小田原は少女のように小首をかしげる。

「ところで鷹ちゃん、さっきからなにを隠そうとしているの？」

「え？　いや別に隠してなんか……」

「なんか怪しいなぁ。どれどれ、ちょっとお姉さんに見せてみな」

「お前は〝お姉さん〟なんて歳じゃ……、あ、ちょっと……」

鷹央よりかなり長身の小田原は上から画面をのぞき込んだ。数回、不思議そうにまばたきをしたあと、小田原の顔からすーっと表情が消えていく。

「あ、あの。それじゃあ僕はここで失礼します」

危険を察知した僕は、慌てて出口へと向かった。

「あ、ずるいぞ。ちょっと待て、私も……」

「鷹ちゃん、……面白いもの見ているわね」

小田原の地の底から響いてくるような声を背に、僕は〝家〟の外に出る。扉越しに鷹央の断末魔の悲鳴のような声が響いてきた。

胸をなで下ろした僕は、こっちにまで火の粉がかからないうちにこの修羅場から離脱しようと歩きはじめる。その時、階段室の扉が開き、中からシックなスーツで長身を包んだ女性が出て来た。二重の大きな目、涼やかな鼻筋、柔らかそうな桜色の唇、すれ違った者を思わず振り向かせてしまうような美貌《びぼう》を持った女性だった。

鷹央の姉であり、この天医会総合病院の事務長でもある天久真鶴。

「あ、真鶴さん。こんばんは」

相変わらずの美貌に見とれかけた僕は、慌てて挨拶《あいさつ》をする。

「小鳥遊先生」

真鶴は僕を見ると小走りに近づいてきた。

「あ、あの、鷹央先生にご用ですか？　ただ、いまちょっと小田原先生に説教というか、折檻《せっかん》というか……」

「大変、……大変なんです！」

真鶴は息を弾ませながら言う。弱冠《じゃっかん》三十歳でこの大病院の事務を取り仕切る冷静沈着な真鶴が、これほどまでに動揺している姿をいまだかつて見たことがなかった。

「どうしました？　なにかあったんですか？」

僕が訊《たず》ねると、真鶴は潤《うる》んだ瞳《ひとみ》で見上げてくる。とびきりの美人に間近で見つめられ、胸の中で心臓が大きく跳ねた。

真鶴は自分の胸に手を置いて息を整えると、震える唇を開いた。

「鷹央が……医療過誤で訴えられました」

Karte. 04
オーダーメイドの毒薬

1

「訴状によりますと、鷹央《たかお》先生の誤診により、息子さんの病状が悪化したこと。診察の際、息子さんの病気の原因がまるで母親である自分にあるかのように言われ、精神的な苦痛を受けたこと。以上の二点に対して慰謝料と公式な謝罪を請求するということのようですね。被告は鷹央先生ご本人と、医療法人天医会となっています」

磯崎《いそざき》という名の初老の弁護士は、せわしなく眼鏡の位置を直しながら、陰鬱《いんうつ》な口調で説明をしていった。

『見えない胎児事件』が解決した翌日の夕方、鷹央、僕、真鶴《まづる》、そして天医会総合病院の顧問弁護士を務める磯崎の四人は、統括診断部の外来診察室に集まっていた。

「誤診？　私の誤診だぁ？」

椅子《いす》にふんぞり返った鷹央は、うなるような声で言うと、剣呑《けんのん》な目で磯崎をにらみつけた。いまにも嚙《か》みついてきそうなその迫力に、磯崎は身を引く。

「いえ、べつに先生が誤診をしたと、私が思っているわけではありません。ただ、届いた訴状ではそうなっているというだけです」

「私は誤診なんてしていない。あの子供は間違いなくビタミンA過剰症だったんだ！」

鷹央は吐き捨てるように言うと、大きく舌打ちをする。

「鷹央、行儀が悪いですよ」

「……ごめんなさい。姉ちゃん」

真鶴に叱《しか》られた鷹央は、不満顔ながら素直に謝る。やはり真鶴には頭が上がらないようだ。

僕はそんな二人のそばで、電子カルテのディスプレイに視線を向けていた。

鷹央を訴えたのは、六週間ほど前、先月初めの、『久留米池《くるめいけ》公園のカッパ事件』が起こっていた頃に、息子とともに統括診断部の外来を受診した、鈴原桃花《すずはらももか》という名の母親だった。

あの時、桃花の七歳の息子である鈴原宗一郎《そういちろう》に生じた症状は、桃花が飲ませていたビタミンAサプリメントの過剰投与が原因であると鷹央は診断をした。その診断が間違っていたと主張しているらしい。

宗一郎は現在、この病院の小児科病棟に入院していた。鷹央の診察を受けたあと、指示どおりビタミンAの投与をやめたが、四肢の痛みは改善したものの、悪心《おしん》・嘔吐《おうと》などの症状が完全に消えることなく、それどころか、たびたび意識障害や歩行障害を起こすようになったとカルテには記されていた。

「ビタミンA過剰症の診断は間違いないと、鷹央先生はおっしゃるわけですね？」

磯崎がゆっくりとした口調で訊《たず》ねる。

「ああ、間違いない。そのあと小児科で行った採血で血中ビタミンA濃度がデシリットルあたり286マイクログラムと、通常の倍近い濃度になっている。ビタミンA過剰症の証拠だ。それにレントゲン写真で、骨膜下に皮質性骨肥厚も見られる。これもビタミンA過剰症で見られるものだ」

鷹央は早口で言った。僕はマウスを操作して、宗一郎の検査データとレントゲン写真を画面に出す。たしかに鷹央の言ったとおりだった。

「そのビタミンA過剰症というのは、ビタミンAを摂《と》るのをやめても症状が悪化することがあるんですか？」

「いや、基本的にはないはずだ。摂取をやめることにより症状が速やかに消えていくのが普通だ」

磯崎の質問に、鷹央は口を尖《とが》らしながら答える。

「それじゃあ、この鈴原宗一郎君がまだ、入院しないといけないほど状態が悪いのはなぜなんでしょう？　訴状によると、病状は回復するどころか、むしろ悪化しているとのことでしたけど」

磯崎の素朴な質問に、鷹央の顔が歪《ゆが》む。

「あの子供の症状の一因が、ビタミンA過剰症だったことは間違いない。ただ、他の疾患が隠れていた可能性はある。ビタミンAの摂取をやめたことで、そっちの疾患の症状が前面に出てきたのかもしれない」

「なるほど、そういう可能性もあるんですね」磯崎は興味なさげにつぶやく。

「それで磯崎先生、訴訟になった場合、どうなるんでしょう？」

真鶴が心配そうに訊ねた。厳しい一面もあるが、真鶴は鷹央の一番の理解者でもある。妹が訴訟に巻き込まれたことが、不安でしょうがないのだろう。

「まあ、裁判で勝てるか負けるかと言えば、まず勝てるでしょうね」

磯崎は頭髪の薄い頭部を掻《か》きながら言葉を続ける。

「まず、鷹央先生の診断が間違いかと言えば、そんなことはない。お話を伺うと、検査データからビタミンAを摂り過ぎだったことは間違いないようですし、それによる症状が出ていた可能性が高い。それを鷹央先生が素晴らしい洞察力で診断なされたというのが実際のところでしょう」

〝素晴らしい洞察力〟と言われ自尊心が満たされたのか、鷹央は満足げにうなずく。

「つぎに病状の悪化に関してですが、これも鷹央先生がなにか間違った処置をした結果生じたものでは断じてない。原告の息子さんの疾患が、普通に悪化したものであると考えられます。そして最後の精神的苦痛ですが、原告本人が子供に過剰のビタミンAを投与していたのは事実なので、鷹央先生のご指摘は至極まっとうなものと考えられます。以上の点から、今回の訴訟は完全なる言いがかりであり、こちらが負ける要素はありません」

「そうですか。安心しました」真鶴は胸をなで下ろす。

「いえ、安心はまだ早いです。勝つことができたとしても、訴訟になった時点である意味負けとも言えるんです」

磯崎は声のトーンを落とした。

「どういうことですか？」

安堵《あんど》の表情を浮かべていた真鶴の顔が曇る。

「訴訟はとてつもない労力と費用が必要なうえ、下手をすれば年単位の時間がかかります。また言いがかりのような内容でも、〝訴えられた〟という事実は鷹央先生の、そして下手をすれば、この病院全体の評価を下げてしまうかもしれない」

「そんな……」真鶴は口元に手を当てて絶句した。

部屋に重い空気が立ちこめる。そんな中、当事者の鷹央は磯崎の説明に相槌《あいづち》をうつこともせず、電子カルテのディスプレイをにらみ続けていた。

「磯崎先生、どうにかできないんですか？　この子、裁判になんかなったらなにを言い出すか分からないですし……」

さすがに姉だけあって、真鶴の心配は的確だった。たしかに鷹央なら、裁判長に向かって「お前の頭、カツラだろ？」とか言い出してもおかしくない。

「事務長、そこまで心配しなくても大丈夫ですよ。裁判に時間と労力、そして金がかかるのは相手も一緒なんです」

磯崎は表情を緩めて話しはじめた。

「最初からおかしかったんですよ。こんな訴訟を起こそうとするなんて。当然、勝ち目がないことは原告の弁護士も分かっているはずだ。そう思って、連絡を取ってみました。すると、あちらの弁護士も原告に、勝ち目がないから訴訟はやめた方がいいとアドバイスしたようです」

「じゃあ、なんでこんなことに……」真鶴の眉根《まゆね》が寄る。

「どうやら、原告が負けてもいいから訴えたいと強く希望したようですね。ただ、あちらの弁護士もこんな負け戦をやりたくはない、と言うことで原告を説得してくれました。鷹央先生から正式な謝罪があれば提訴を取り下げるってね」

「じゃあ、鷹央が謝れば裁判にならないんですね」

真鶴は胸の前で両手のひらを合わせた。

「ええ、そういうことです。原告も息子さんの病状が思わしくなくて、感情的になっていただけなんでしょう。一言謝れば、きっと丸く収まりますよ」

「ああ、よかった」手を合わせたまま真鶴はしみじみとつぶやく。

「小鳥、行くぞ」

それまで黙っていた鷹央がぼそりと言った。

「え？　行くってどこにですか？」

「決まっているだろ、小児科病棟だよ」

「あ、ちょっと待ってください」

鷹央は椅子から立ち上がると、すたすたと出口に向かって歩きはじめた。僕は慌《あわ》ててその後を追う。

「ああ、いいですね。善は急げっていいますからね。ちゃんと謝って説明すれば分かってくれますよ」

背後から磯崎の声が追ってくる。これにて一件落着とでもいうかのような口調。しかし、この五ヶ月鷹央と働いてきた僕の胸では、不吉な予感が膨らんでいくのだった。

「あ、鷹央先生！　あと、ついでに小鳥《ことり》先生も」

小児科病棟に入ると、やけにテンションの高い声がかけられた。声の方向に視線を送ると、ナースステーションの中で、研修医の鴻《こう》ノ池《のいけ》舞《まい》が勢いよく手を振っていた。

「誰が〝ついで〟だ。なんで鴻ノ池がここにいるんだよ？」

僕は顔をしかめる。

「あ、私、今月から小児科研修なんですよ。可愛《かわい》い子供たちに囲まれて超楽しいっス。それで、小児科病棟になんのご用ですか、鷹央先生？　統括診断部に依頼出した症例とかありましたっけ」

「鈴原宗一郎は入院しているな」

ナースステーションに入った鷹央は、電子カルテの前に座りながら言う。

「え？　宗ちゃんですか？」

鴻ノ池の表情が歪んだ。

「どうかしたのか？」

僕が訊ねると、鴻ノ池は引きつった笑みを浮かべる。

「宗ちゃんはいま、この病棟で一番の問題症例なんですよ。いろいろな意味で」

「悪ガキだってこと？」

「いいえ、すごくいい子ですよ。大人しくて、スタッフの言うこともよく聞くし、とっても可愛い顔しているんですよぉ。絶対将来イケメンになりますって、あの子」

鴻ノ池のテンションが戻ってくる。

「それのどこが〝問題〟なんだよ？」

「いえ、性格的に問題なんじゃなくて、病気的に……」

鴻ノ池の表情に暗い影が差した。

「どんな病状なんだ？　カルテにも書いてはあるが、直接聞いた方がわかりやすい」

鷹央は座っていた椅子ごと回転して、鴻ノ池に向き直る。

「普段は元気なんですけれど、数日に一度くらいの割合で急におかしな症状が出るんです。半日ぐらいひどいめまいに襲われて、何度も嘔吐を繰り返して、まともに歩くこともできなくなります。ひどいと意識状態まで悪くなることもあって……」

鴻ノ池はつらそうに語る。たしかに、六週間前に統括診断部の外来に来たときより、症状は悪化しているようだ。ただ、六週間前は慢性的に症状が出ていたけど、いまは数日に半日程度。これはどういうことなんだろう？

「原因は分かっていないのか？」

鷹央は横目でディスプレイを見ながらつぶやく。

「はい、もう入院して三週間近く経《た》っていて、その間にいろいろ検査をしたんですけど、まだ見当もついていないんです。あんな可愛い子が苦しむのを見ているの、本当につらくて。それが宗ちゃんの〝第一の問題〟なんです」

「第一ということは、第二もあるのか？」

鷹央が訊ねると、鴻ノ池は露骨に顔をしかめた。

「保護者、……母親がちょっと問題があるんですよ」

「問題ってどんな？」

僕は声をひそめて訊ねる。その母親こそ、鷹央を提訴した張本人だ。僕たちも先月外来で会っているが、その時は数十分だけだったので、鈴原桃花という女性がどのような人物かはよく知らなかった。

「モンスターペイシェント、いや、親だからモンスターペアレンツってやつですかね。ものすごい過保護で、ちょっとしたことですぐにクレームつけてくるんですよ。しかも、現役ナースらしいから、そのクレームが細かいこと細かいこと」

「ナース？　鈴原桃花は看護師なのか？」鷹央は聞き返す。

「ええ、そうらしいです。夕方までほかの病院で働いてからここに来て、面会時間が終わるまで宗ちゃんと一緒に過ごしています」

「ナースのくせに自分の子供に過剰にビタミンを投与したのか。勉強不足だな」

「ですよね。自分のことは棚に上げて、文句ばっかりつけて。いやまあ、過保護になる気持ちも分からなくもないんですよ。旦那《だんな》さんと離婚して、女手一つで育ててきた宗ちゃんがあんなに病気がちなんだから。けれど、……いてっ！」

突然、鴻ノ池が声を上げ、両手で後頭部を押さえる。どうやら頭をはたかれたらしい。見ると、鴻ノ池の背後に白衣を着た中年の男が立っていた。

「ナースステーションでご家族の悪口を言うんじゃない」男は低い声で鴻ノ池を叱る。

体格のいい男だった。身長は僕と同じぐらいで、固太りした体は僕より一回り大きい。もみあげから顎《あご》までびっしりと濃いひげが覆《おお》っていた。白衣を着ているにもかかわらず、北海道のマタギのような雰囲気を醸《かも》し出している。

「あ、熊川《くまかわ》先生。すみません」振り返った鴻ノ池が体を小さくしながら謝る。

熊川という名前なのか。まさに〝名は体を表す〟だな。

「おうっ、熊」

鷹央が片手をあげると、熊川は「おう、鷹央ちゃんじゃねえか」と笑みを見せた。子供の頃から、当時院長を務めていた父親に連れられてこの病院に入り浸っていた鷹央は、ベテラン医師に顔なじみが多い。

「小鳥、この熊みたいな男が熊だ」

鷹央は熊川を指さしてよく分からない紹介する。

「小児科部長の熊川だよ。はじめまして」

熊川は気さくに手を差し出してくる。この人が小児科の部長なのか。こんな風体で診察して、子供が泣き出したりしないのだろうか。僕はそんなことを考えながら、厚みのある手を握る。

「統括診断部の小鳥遊《たかなし》です。よろしくお願いします」

「ああ、君が有名な『小鳥先生』か。噂《うわさ》は鴻ノ池君からかねがね」

熊川は意味ありげな笑みを浮かべた。鴻ノ池のやつ、いったいどんな噂を流しているんだ。僕がにらむと、鴻ノ池は露骨に視線を外した。

「けれど、鷹央ちゃんがここに来るなんて珍しいな。なんの用なんだい？」

鷹央の肩越しにディスプレイをのぞき込んだ熊川の表情が、かすかに歪む。分厚い唇の隙間《すきま》から「宗一郎君か……」と声が漏れた。

「そうだ。鈴原宗一郎の件で来たんだ。私は先月、あの子供に起こっていた症状の原因がビタミンA過剰症だと診断して、サプリメントの摂取を禁止させた。私の診断と治療は間違っていたと思うか？」

鷹央は熊川を見上げながら訊ねる。

「いや、間違っていないはずだ。血液データで上昇していたビタミンA濃度が正常値に戻っているし、四肢の腫《は》れと疼痛《とうつう》も改善している。けれど……」

「けれど、嘔気《おうき》とふらつきは悪化し、時には意識障害まで起こすようになった」

熊川のセリフを鷹央が引き継ぐ。

「ああ、そうだ。きっと宗一郎君の体ではビタミンA過剰症の他に、なにか異常なことが起きているはずなんだ。けれど……それが分からない」

熊川が悔しそうに唇を噛む。

「診断がつかないなら、私に相談すればいいだろ。そのための統括診断部だ」

「ああ、ようやく検査があらかた終わったから、そろそろ相談しようかなって思っていたところだよ。こっちが呼ぶ前に来てくれるなんて、サービスがいいな」

「調子いい奴《やつ》だな」

鷹央は元々大きな目を見開いて再びディスプレイを凝視する。画面に次々と検査データや画像が表示されては消されていく。僕の脳の処理能力では、とてもそのスピードに追いつけなかった。

「鈴原宗一郎はたしか、喘息《ぜんそく》とてんかんの既往があったな」

画面を眺めたまま鷹央はつぶやく。

「ああ、けれどどっちも投薬でコントロールできていて、この一年以上は発作は起きていないよ」

熊川が答えた。

「てんかんは痙攣《けいれん》だけじゃなく、色々な症状をひき起こす。鈴原宗一郎の症状がてんかん発作の可能性はないいか」

「それは俺たちも考えたよ。だから症状があるときに脳波を測定した。けれどてんかん波は確認できなかった」

「そうか。それじゃあ薬の副作用は？」

「喘息薬のテオフィリンですか？　たしか、あの薬の血中濃度が上がると、吐き気がでたりしますよね」

僕が横から口を挟むと、鷹央はじろりとにらんできた。

「鈴原宗一郎はテオフィリンを内服していない。飲んでいるのは抗ロイコトリエン薬だけだ。あの子供を診察したことあるんだから忘れるなよ」

診察した患者全員の内服薬を記憶するなんて超人的なことを要求されても……。みんなが自分と同じような、スーパーコンピューターのような頭脳を持っていると思わないで欲しいものだ。

隣に立っている鴻ノ池が「やーい、怒られたー」とか言ってくる。

「カルバマゼピンのことだろ？」熊川がぼそりとつぶやいた。

カルバマゼピンはてんかんの予防や三叉《さんさ》神経痛などに強力な効果を発揮する薬剤だった。しかし効果の反面、副作用も多く、使用には注意が必要となっている。

「そうだ。さっき聞いた症状は、カルバマゼピンの中毒症状そのものだ。鈴原宗一郎はてんかんの予防にカルバマゼピンを毎日服用している。その量が多すぎるんじゃないか？」

鷹央の言葉に熊川は顔を左右に振る。

「もちろんカルバマゼピンの中毒症状は疑ったよ。ただカルバマゼピンは二年前から投与されていて、定期的に血中濃度をはかっているけれど、すべて基準値内だ。もちろん入院後も測定している。その時も中毒症状が出るような数値じゃなかったよ」

熊川の言葉を確認するように、鷹央は過去の採血データをさかのぼっていく。たしかにカルバマゼピンの血中濃度はすべて基準値内で、その数値で強い中毒症状が生じるとは考えにくかった。

「これも違うか。一番可能性が高いと思ったんだけどな」

鷹央は口を尖らせながらつぶやく。

「俺たちだって三週間、ぼーっとしていたわけじゃない。脳神経系を中心に、体中のMRIを撮影したし、あらゆる内分泌《ないぶんぴつ》異常も検査した。エコー検査、生理学検査、果ては精神的な問題がないかまで徹底的に調べたよ。それでも原因が分からなかった」

熊川は力なく首を左右に振った。鷹央は熊川の言葉を確認するように、無言のまま検査データに目を通し続ける。十分ほどディスプレイとにらめっこをした鷹央は、大きく伸びをしながら息を吐いた。

「たしかに、検査データはほとんど異常無いな。少なくともこれまでの検査からは、鈴原宗一郎の体に起きている症状は説明できない」

鷹央は椅子から立ち上がると、鴻ノ池に「鈴原宗一郎の病室はどこだ?」と訊ねる。

「あ、廊下の突き当たり右手にある個室です。宗ちゃんに会うんですか？」

「検査に異常が無いなら、本人を診察するしかないだろ」

鷹央はナースステーションを出る。僕もあとに続いた。なぜか熊川と鴻ノ池もついてくる。

「鷹央先生、ちょっと確認したいんですけど」

「なんだよ？」

廊下を歩きながら、僕は後ろの二人に聞こえないように小声で話しかける。

「あの、いつの間にか診断の話になっていましたけど、目的は母親に謝罪することなんですよね？」

「ああ？　なに言っているんだ？　なんで私がそんなことしないといけないんだよ」

足を止めた鷹央は不機嫌に言う。

「いや、だって……そうしないと訴訟が……」

不思議そうにこちらを見る熊川と鴻ノ池を気にしながら、僕は言葉を濁す。

「いいか。謝罪というのは、〝罪〟を〝謝る〟と書くんだぞ。私がいつ〝罪〟を犯したんだ？　六週間前、鈴原宗一郎がビタミンA過剰症だったのは間違いないんだ。私はそれを診断したんだぞ。謝罪なんて道理に合わないだろ」

ああ、やっぱり。悪い予感が的中した僕は頭を抱える。訴訟を回避するためとりあえず形だけでも頭を下げる。この人にそんな器用なことができるわけないのだ。

「あの、なんの話ですか？」

僕たちのやりとりを眺めていた鴻ノ池が訊ねてくる。

「なんでもない。行くぞ」

鷹央は苛立《いらだ》たしげに言うと、僕が止めるまもなく廊下を早足で進み、ノックもせずに鈴原宗一郎が入院している病室の引き戸を勢いよく開けた。

引き戸の奥は六畳ほどの空間が広がっていた。ベッド、床頭台、小さな冷蔵庫、そしてトイレという最低限の設備だけが備え付けられている。個室としては一番安いタイプの病室だろう。窓際《まどぎわ》に置かれたベッドには、端正な顔立ちの男の子が目を閉じ横になっている。その手前に置かれた椅子に、三十前後のどこか幸薄げな女性が腰掛け、いとおしそうに男の子の頭に手を置いていた。鈴原桃花と宗一郎の親子だ。

「な、なに？」

突然押しかけてきた僕たちを、鈴原桃花は目を丸くして見る。

「先月会っただろ。統括診断部の天久《あめく》鷹央だ」

いぶかしげに細められていた桃花の目が大きくなる。それとともに、桃花の唇の端が吊《つ》りあがっていった。

「ああ、さっき弁護士の先生から連絡があったわよ。あなたが謝りに来るって」

どうやら、フライングで磯崎が相手側弁護士に連絡し、その情報が桃花まで回っていたらしい。

「それで、どう謝ってくれるわけ？　うちの宗一郎をこんなにして。形だけの謝罪なんかで許すつもりはないからね」

桃花は軽く顎をそらすと、攻撃的な口調で言う。僕たちに続いて入ってきた熊川と鴻ノ池は、ただならぬ雰囲気に気づいたのか、顔を見合わせた。

鷹央は桃花の視線を受け止めると、胸を張った。

「私は謝罪するためにここに来たわけじゃない。そもそも謝る理由なんてないしな」

「なっ⁉　あなたこの前、ビタミンAを飲み過ぎたせいだって言ったじゃない」

「そのとおりだ。お前の息子はビタミンA過剰症だった。だからサプリメントをやめたことで四肢の腫れと痛み、そして慢性的な体調不良が改善したんだ」

「ふざけないでよ。それじゃあこの子が時々、立てなくなるぐらい調子が悪くなって、何度も嘔吐しているのはなんなのよ？　あなたが誤診したから、こんなことになっているんでしょ！」

「いや、違うな。お前の息子はビタミンA過剰症とはべつに疾患にかかっていたんだ。ビタミンA過剰症は治癒したから、もう一つの疾患の症状が出て来た。つまり私のおかげでお前の息子の病気のうち、一つは治癒したんだ。感謝されこそすれ、非難されるいわれはない」

「なに都合のいいこと言っているのよ！　そんな態度だから訴えられるんでしょ！　謝る気がないなら、なにしに来たわけ？」

ヒステリックな桃花の声が壁を震わせる。その声で起きたのか、宗一郎が目を開け、不安げに周囲に視線を向ける。とたんに桃花は相好を崩すと、「宗ちゃん、起こしちゃってごめんね」と息子の頬を撫《な》でた。

「あの、鈴原さん。天久先生がここにいらしたのは、宗一郎君の診断のお手伝いをしてもらうためで……」

部屋の入り口近くに立っていた熊川がおずおずと言う。

「はっ、診断の手伝い？　訴えている相手に診断を手伝わせるっていうわけ？　なに考えているのよ、この病院は」

桃花は鷹央と熊川を交互ににらみつける。

「あの……訴えているというのは？」熊川はいぶかしげに訊ねた。

「知らないの？　全然リスク管理ができていないじゃない。いい？　私はこの女を医療過誤で訴えているのよ」

桃花は鷹央の鼻先に人差し指を突きつけた。熊川と鴻ノ池が同時に息をのむ。

「言いたいのはそれだけか？」

鷹央は桃花の手を無造作に振り払うと、ベッドに近づいた。

「それだけかって……。ちょっと、なにするつもりよ？」

「診察だ。この子供に診断を下すために必要だからな」

「なに勝手なことしようとしているのよ。私はあなたを訴えるって言っているのよ」

「ああ、好きにしろ。訴訟を起こすのは国民に認められた権利だからな。ただ、お前が訴えようと訴えまいと、私は鈴原宗一郎を診察して診断を下す。それが私の仕事だ」

鷹央は白衣のポケットからペンライトと眼底鏡を取り出した。

「ちょ、ちょっと、こんなことさせていいわけ？」

桃花は熊川に向かって言う。動揺しているのか、熊川は即答できなかった。

「お前にとって子供を治すのと、私を訴えるの、どっちが大切なんだ？」

かすかにおびえを見せる宗一郎の顔をのぞき込みながら、鷹央はつぶやいた。

「……そんなの、宗一郎の病気を治すことに決まっているじゃない！」

「なら、診察させろ。お前がどう思おうと勝手だが、私は最高の診断医だ。お前の息子を治すためには、私が診察するのが一番手っ取り早いんだよ。診断が終わってからゆっくり私を訴えればいいだろ。分かったなら少し黙っていろ。集中できない」

鷹央は早口で言う。桃花は唇を嚙みながら鷹央をにらみつけたが、それ以上文句を口にすることはなかった。

鷹央は自分に注がれる刃物のような視線を気にすることなく、診察を開始する。宗一郎は突然あらわれ、自分の目にペンライトで光を当てはじめた鷹央を不安そうに見つめながらも、大人しく診察を受けた。

鷹央は眼底鏡で目をのぞき込んだり、体中に聴診器を当てたり、打腱槌《だけんつい》で反射を確認したりと、もくもくと宗一郎の診察を続けていく。

十数分後、鷹央は大きな息を吐くとベッドから離れた。それと同時に、宗一郎と鷹央の間に桃花が割り込んだ。息子を背中に鷹央をにらみつける姿は、子猫を守る母猫のようだった。

「それで、なにか分かったの？」桃花は低い声で言う。

「ああ、分かったぞ。少なくともいまの診察では、お前の子供には一切異常は無い」

鷹央の返答に、桃花の表情が歪む。

「なにが『分かったぞ』よ。なんにも分からなかったってことじゃない！」

「いや、そんなことはないぞ。症状が出ている時以外は身体所見に異常がない。これは診断にとって大きな意味がある。そして、こういう場合に多いのは……」

鷹央は室内を見まわし、とことこと部屋の隅へと移動すると、そこにあったゴミ箱をあさりはじめた。

「ちょ、なにやってるんですか⁉」

驚いた僕が声を掛けると、鷹央はゴミ箱の中からなにかを取りだした。見ると、それはリンゴのイラストが描かれた、二百五十ミリリットルの紙パックだった。

「これはなんだ？」

鷹央は桃花に向かって直方体の紙パックを掲げる。

「……子供用の栄養ジュースよ。果物は体にいいって聞いたから昔から飲ませているのよ。それがなんだって言うのよ」

桃花は嚙みつくように言う。鷹央はベッドのそばに置かれた冷蔵庫を開く。リンゴ、ブドウ、オレンジ、モモ、パイナップル。中には様々な果物のイラストが描かれた紙パックが詰め込まれていた。

「お前、またこんなもの飲ませているのか？　この前はサプリメントの摂らせすぎであんなことになったって言うのに」

鷹央は三十個はある紙パックを一つ一つ手にとって眺めながら、呆《あき》れた声を出す。

「大人用のサプリメントと違って、これはちゃんと子供用だから問題ないでしょ。一日に一パックだけしか飲ませていないし、そこの熊川先生に許可ももらっているわよ」

桃花は声を荒らげながら反論する。鷹央はじろりと熊川を見た。

「いや、鈴原さんがどうしても飲ませたいって言うからね。成分表には危険なものも載っていないし、まあ特に禁止する必要もないかと思って……」

熊川は巨体を小さくしながら、ぼそぼそと言った。この様子を見ると、おそらく桃花に押し切られて許可してしまったのだろう。

「ほら、聞いたでしょ。小児科の部長が許可してくれたのよ。この病棟のナースに、朝食と一緒に一パック飲ませるように頼んでいるの。なにか文句でもあるわけ？」

桃花は攻撃的な口調でまくし立てる。

「ああ、文句はある。この健康飲料が原因の可能性が高い」

鷹央は紙パックを次々と冷蔵庫から取り出していく。

「はぁ？　なんでそう言い切れるのよ⁉」

「言い切れるわけじゃない。その可能性が高いと言っているんだ。身体所見でもあらゆる検査データでもまったく異常がないにもかかわらず、定期的におかしな症状に襲われる。そのような場合、毒物などによる中毒症状の可能性がきわめて高い」

「毒⁉　いま毒って言ったの？　私がこの子に毒を飲ませたって言うわけ？」

桃花はいまにも鷹央につかみかかりそうな剣幕で叫んだ。

「興奮するなよ。お前が息子のために必死なのは分かっている。でもな、健康食品でも摂り過ぎたり、体に合わなかったら、逆に健康を害することがある。つまりは『毒』になってしまうんだ。それに、この中身が本当に成分表どおりとも限らないしな」

鷹央は冷蔵庫から紙パックをすべて取り出した。

「これは全部預からせてもらうぞ。大学の法医学研究室につてがあるから、そこで調べてもらって、健康を害するような成分が含まれていないか調べてもらう。調べるくらい問題ないだろ？」

鷹央は桃花に向かって言う。桃花がさらに怒声を発することはなかった。しかし、鷹央をにらむその視線はさっきよりも更に鋭さを増していた。

「おい、小鳥。紙パックを運び出すぞ。手伝え」

鷹央の指示を受けた僕は、冷蔵庫に近づき、床に置かれた紙パックを集めはじめる。

「これで全部だな。よし、行くぞ」

鷹央は十個ほどのパックを両手で抱えながら出口へ向かうと、足で引き戸を開け廊下へと出る。

「あ、あの。失礼します」

桃花に会釈《えしゃく》し、僕もパックを抱えながら部屋を出る。背中に視線が突き刺さった。

ナースステーションまで戻った鷹央は、デスクの上にパックを放り出す。僕もそれにならった。

「なにかビニール袋でもないか？　さすがに手が疲れたよ」

鷹央が周囲を見回すと、熊川と鴻ノ池が少し遅れて戻ってくる。

「鷹央ちゃん、本当にこれが原因なのかい？」熊川は紙パックを一つ手に取った。

「ああ、多分な。熊があらゆる検査をやって、鑑別すべき疾患をほとんどつぶしてくれたおかげだ。あと残る可能性は中毒症状だけだ。病院食に定期的に中毒を起こすような物質が含まれているわけがない。つまりはこれが原因だ」

鷹央はデスクに散乱する紙パックを指さす。その時、背後から大きな足音が聞こえてきた。振り返ると、般若《はんにゃ》のような表情を晒《さら》した桃花が廊下を駆けて追ってきた。

「もしも！」

鷹央の目の前に立ちはだかった桃花は、壁が震えるような怒声をあげる。

「もしも、そのパックになにも異常が無かったら覚えていなさいよ。あなたを医療ミスだけじゃなく、名誉毀損《きそん》でも訴えてやる！　それだけじゃないわよ！　週刊誌にも情報流して、二度と医者として働けなくしてやるから！」

ナースステーションの中にいた看護師たちが、一斉に鷹央と桃花に注目する。鷹央は桃花を見ると、「好きにしろ」と無表情でつぶやいた。

2

「ちょっと鷹央、どういうことなの⁉」

小児科病棟で一悶着《ひともんちゃく》あった翌日の午後六時過ぎ、午後の診療を終えた僕と鷹央が屋上の〝家〟に戻るとすぐに、真鶴が玄関扉を開けて入ってきた。

「あ、姉ちゃん、ノックしてないぞ。いつもノックしろって私に言って……」

「そんな場合じゃありません！」

真鶴はソファーに寝そべる鷹央を、部屋のいたるところに生える〝本の樹〟が、かすかに揺れるほどの怒声で一喝する。鷹央が真鶴を恐れる理由の一端を見た気がした。

鷹央は慌ててソファーから立ち上がり、姿勢を正す。

「あの、真鶴さん。どうかしましたか？」

電子カルテに今日の診療内容を打ち込んでいた僕は、おそるおそる訊ねる。

「あ、小鳥遊先生。いらっしゃったんですね。はしたないところをお見せしました」

とたんに真鶴は普段の調子に戻る。薄暗いこの室内でも、その頬がかすかに赤くなっているのが見て取れた。その艶《あで》やかな姿に、思わず見とれてしまう。

「それで姉ちゃん、なんのご用でございましょうか？」

鷹央は直立不動のまま言う。使い慣れていないので、敬語がおかしかった。

「鷹央、あなたなにしたの？　いま磯崎先生から連絡があって、あちらの弁護士さんが提訴の取り下げは無くなったって言ってきたって」

「ああ、そのことか」鷹央は姿勢を崩すと、ソファーに座った。

「そのことかってあなた……、昨日謝罪にいったんじゃなかったの？」

「いや、違うぞ、姉ちゃん。私は謝罪じゃなく、鈴原宗一郎の診察に行ったんだ」

「なんでその時に一言謝らなかったの？　そうすれば丸く収まったのに」

真鶴は端正な顔をゆがめる。

「なんで私が謝るんだ？」鷹央は心から不思議そうに小首をかしげた。

「そうしないと訴えられるのよ！」

「……姉ちゃん」

鷹央は真鶴を見上げながらゆっくりと言う。

「昨日聞いていて分かっているだろ。私はなにも謝るようなことをしていないんだ」

「けれど……」真鶴の顔に動揺が走った。

「もちろん口先だけでも謝罪しておけば、無駄なトラブルを避けられることは分かっているよ。そうしておいた方が利口だってことも。けれど、私は謝らない。それが道理にかなっていないから。論理的に間違っているから」

真鶴は口元に力を込めると、鷹央の言葉に黙って耳を傾ける。

「姉ちゃんも知っているだろ。私にとって論理は行動原理そのものなんだよ。本能的に相手の気持ちを読み取ったり、場の空気を読んだりといった社会生活に必要な能力が私は劣っている。だから私は、自分の行動を論理で固めることで、それを補っているんだ。つまり、私にとって論理を曲げることは、私自身を曲げることでもあるんだ。

心配してくれるのはありがたいけど、私はあの女に謝罪はできない。分かってくれ」

鷹央はまばたきもせずに姉を見つめる。真鶴はその視線を正面から受け止めた。

数秒の沈黙のあと、真鶴は大きく息を吐き、柔らかく微笑《ほほえ》んだ。それだけで部屋が少し明るくなったかのような気がする。

「ごめんなさいね、鷹央。無理なことをさせようとしていたのね」

「分かってくれればいいんだよ」鷹央も微笑み返す。

「もし裁判になっても、磯崎先生と一緒にしっかりサポートするから心配しないで」

真鶴は鷹央の頭をくしゃりと撫でた。

姉妹二人の世界ができあがってしまい。僕は部屋の隅で肩身の狭さを感じる。

「大丈夫だよ、姉ちゃん。私が鈴原宗一郎に診断を下して、しっかり治療してやる。そうしたら、あのヒステリックな母親も提訴を取り下げるさ」

その予想は少々楽観的過ぎる気もするが、いまはその可能性にかけるしかなかった。

その時、入り口の扉が勢いよく開く。

「おい、鷹央ちゃん、これどうなってるんだ⁉」

室内に巨漢が駆け込んでくる。小児科部長の熊川だった。勢い余って熊川は〝本の樹〟に触れてしまい、数本なぎ倒す。

「どうしたんだよ、熊？　そんなに慌てて」

「どうしたって、来週の部長会議の予定表見てないのか？　議題の中にとんでもないものがあるぞ」

熊川は一枚の用紙を鷹央に差し出した。

「……なんだこりゃあ!?」

用紙を受け取った鷹央は甲高い声をあげると、用紙の一部を震える指でさす。

僕は倒れた〝本の樹〟を迂回《うかい》しながらソファーの後ろに回り込むと、鷹央の肩越しに用紙をのぞき込んだ。


「統括診断部の廃止についての提案」　提案者　院長　天久大鷲《おおわし》

鷹央の指がさした箇所、そこには太い文字でそう記されていた。


「あの、院長ってまだお目にかかったことないんですけど、たしか……」

僕は隣を歩く真鶴に水を向ける。

「私たちの叔父です。父の弟にあたります。二年前から父の跡を継いで、この病院の院長を務めています」

真鶴は不安げな視線を前方に送った。そこでは肩をいからせた鷹央が大股《おおまた》に歩いていた。熊川にもらった予定表を見てすぐに、「ふざけやがって！」と叫んで屋上の〝家〟を飛び出し、院長室があるこの三階にやってきたのだ。

「なんで院長は突然、統括診断部を廃止するなんてことを？」

鷹央の数メートル後ろを歩きながら、僕は真鶴に質問を重ねていく。なにが起こっているのか、まったく分からなかった。

「突然じゃないんです。もともと叔父は統括診断部をよく思っていませんでした。鷹央の能力を生かすために父が統括診断部を立ち上げたときも、最後まで反対したのが叔父でした」

「もしかして、鷹央先生と仲が悪いんですか？」

「はい、昔から鷹央と叔父は気があわなくて……。父が院長から理事長になって、病院経営から距離を置くときに、鷹央を副院長に指名したのもそのせいなんです」

「え？　どういうことです？」

「叔父と考えがまったく違う人間を副院長に置くことで、叔父が暴走する危険性を排除できるって。そういうこともあって、叔父と鷹央はよく病院の方針を巡って対立しているんです」

つまり、院長にとって鷹央は目の上のたんこぶだということか。

「院長ってどんな方なんですか？」

「外科医で、二年前までこの病院の副院長と腹部外科部長を兼任していました。性格はなんというか……合理主義者です。徹底的な合理主義者」

「合理主義者……。けれど鷹央先生もそういう一面あるんじゃないですか」

「たしかにそうですね。だから同類嫌悪《けんお》でさらにいがみ合っているのかもしれません。それに、叔父の合理性はなんというか、鷹央とは違うベクトルに向かっているんです。叔父は医療者というよりは……経営者なんです」

経営者？　意味が摑《つか》めず僕が首をひねっていると、前を歩く鷹央が立ち止まる。その前には両開きの大きな扉があった。鷹央はノックもせず、無造作に扉を開いた。

「叔父貴、どういうつもりだ⁉」

鷹央は室内に入るやいなや怒声を放つ。これだけ大きな病院の院長室という割には、質素な部屋だった。八畳程度の空間の両側の壁には、天井まで届きそうな本棚がそびえ立ち、医学書や書類ファイルなどが詰まっている。手前にはやや年季の入ったソファーとテーブルがあり、その奥に置かれた、この部屋で唯一《ゆいいつ》高級感のある木製の重厚なデスクで、一人の男が書類を眺めていた。

「……鷹央か」

男は視線だけ動かしてこちらを見る。年齢は五十過ぎといったところだろうか。短く刈り込んだ髪にはわずかに白いものが混ざっている。目つきは鋭く、顔の輪郭は角張っていて、無骨な雰囲気をかもし出していた。

この男が、天医会総合病院の院長、天久大鷲……。

「なにか用か？　部屋に入るときはノックぐらいしろ」大鷲は低い声で言う。

「用に決まっているだろ。なんだ、この部長会議の予定表は？」

「ああ、統括診断部の件についてか。見ての通りだ。次の部長会議で統括診断部の今後について話し合いを持ち、決を採る」

大鷲は僕をじろりと見ると、「そこの男は？」とつぶやいた。

「はじめまして。私は今年の七月より統括診断部にお世話になっている小鳥遊優と申します」

僕は背筋を伸ばして頭を下げる。鷹央が振り返って僕をにらんできた。その目は露骨に「この裏切り者！」と語っていた。

しかたがないじゃないか。いくらなんでも、わけも分からないまま院長に嚙《か》みつけるわけがない。

「ああ、君が噂の小鳥遊先生か」

大鷲の表情がかすかに緩む。対照的に僕は顔を引きつらせた。また〝噂〟か。どうせ鴻ノ池があることないこと流している〝噂〟のことなのだろう。まさか院長の耳にまで届いているとは……。

「週に一日半、救急部を手伝ってくれているらしいね。それに救急当直も引き受けてくれているとか。とても優秀な救急医だと聞いているよ」

「え？　あ、どうも……」

予想外の評価に、僕は戸惑う。てっきり、〝実は鷹央と付き合っている〟とか、〝何人ものナースにふられている〟とか、その手のとんでもない噂だと思っていた。まあ、後者は一部事実ではあるのだが……。

「小鳥のことはどうでもいいだろ。それより説明しろ。なんで統括診断部を廃止しようなんて言い出したんだ」

鷹央が詰め寄ると、大鷲は手にしていた書類を無造作にデスクの上に放る。

「統括診断部を廃止するべきだとは、以前から数人の部長が主張していた。彼らが言うことには、統括診断部は他科の診療に無責任に文句をつけているだけで、存在する意味が無いとのことだ」

たしかに鷹央は週に二日ほど行う『カルテ回診』で、各科のカルテを見ては、治療や診断に問題がある症例にかなり辛辣《しんらつ》なコメントを書きこんでいる。それを疎《うと》ましく思っている医師も少なくはなかった。

「カルテ回診のことか。ふざけるな。不備があるから私に指摘されるんだろうが。私の指摘が間違っていたことが一度でもあるか？」

鷹央は声を荒らげた。

「いや、お前の指摘はいつも的確だ。それは私も、多くの部長たちも認めている」

「なら、統括診断部に意味が無いという主張は間違っているはずだ。私の指摘は患者の利益になっている」

「その通りだ」

大鷲は重々しくうなずいた。

「だから、これまで統括診断部の廃止を要望する部長がいても、それを議題として提出しないように説得してきた」

「それなら、なんで今回は叔父貴の名前で議題にあがっているんだよ」

鷹央は大鷲をにらみつける。

「抑えきれなくなったからだよ。昨日から今日にかけて、複数の部長が統括診断部の廃止を議題にあげたいと私に言ってきた」

大鷲は淡々と言葉を重ねていく。

「複数の部長？　誰だよ、そいつら？」

「個人名をあげるのは避けるが、主に外科系の部長だ」

内科系の部長たちとは比較的良好な関係を構築している鷹央だが、外科系は鷹央を疎ましく思っている部長が多い。手術による治療を重視する外科はどうしても、診断学を軽視する傾向にあるのだ。

「なんでそいつら、いきなり統括診断部を廃止しろなんて言い出したんだ?」

鷹央の疑問を聞いた大鷲の目がすっと細くなる。不吉な予感が背筋を走った。大鷲はゆっくりと口を開いた。

「お前が提訴されたからだよ、鷹央」

鷹央の体がびくりと震えた。

「小児科に入院中の患児《かんじ》の母親にお前が訴えられたという噂は、昨日から今日にかけて病院中に広がった。しかもその母親は、週刊誌に話をするとまで言ったらしいな」

「……あれは完全なる言いがかりだ」

「それは磯崎弁護士から聞いている。ただ、お前が本当に医療過誤を起こしたかどうかは関係ない。問題は訴訟によってこの病院の評判が落ち、患者に不安を持たれることだ。そうすれば経営的にも大きなダメージになる」

「経営的? 相変わらず叔父貴の頭は金のことでいっぱいだな」

鷹央は大きく舌打ちをした。

「当然だ。経営が苦しくなれば、提供できる医療レベルが落ちる。この病院の経営を健全に保つことこそ、院長である私の義務であり、この天医会総合病院が地域医療に貢献するために必要なことだ」

欠片《かけら》ほどの迷いも見せず、大鷲は言い切った。真鶴が大鷲を〝合理的〟と評した意味がよく分かった。そして、鷹央と価値観が大きく異なっていることも。

鷹央にとって医療とは生き方そのものだ。その超人的な頭脳を駆使して、あらゆる疾患に診断をつけ、苦しむ患者を救う。それは鷹央にとっての趣味であり、社会奉仕であり、そして生きがいであって、鷹央はその対価を得ることを重要視していなかった。一方で、大鷲は医療をビジネスとして割り切って考えている。医療機関として利益を上げることで、よりよい医療を地域に提供できる。それはたしかに正論だった。

鷹央と大鷲、どちらの医療観もきっと間違っていないのだろう。だからこそ、お互いにいがみ合う。

「統括診断部の存在は、この病院にとって不利益だって言うのか」

鷹央がうなるように言う。

「彼らはそう主張した。だから統括診断部を廃止するべきだとな。けれど、私はその意見には賛成しかねる。鷹央、たしかにお前の診断能力は超人的だ。お前の診断により救われる患者も多い。お前の能力はこの病院に必要だと私は思っている」

「……ならなんで、廃案が議題にあがっている？」鷹央はいぶかしげに訊《たず》ねる。

「複数の部長から提案があったことを考えて、まったく議題にしないというのは無理だった。だから私は、部長会議で代案を提出するつもりだ」

大鷲はそこまで言うと、もったいをつけるように一拍おいてから言葉を発する。
「統括診断部の縮小案だ」
「縮小案？　もともと小さい統括診断部を、これ以上どう縮小するっていうんだ」
鷹央の口調には警戒が飽和していた。
「簡単だ。統括診断部の入院ベッドを無くし、外来も廃止する。そして、主な業務を
これまでのカルテ回診と、各科から依頼があった時のコンサルトに限定する。これこ
そ、お前の診断能力をこの病院のために最大限に発揮できる形だと私は思っている」
鷹央と僕は同時に目を剝《む》いた。大鷲が口にした内容はあまりにも衝撃的だった。言
い換えればそれは、統括診断部から独自に患者を診察する権利を奪うということだ。
これでは鷹央は、都合のいいときにだけ利用される道具になってしまう。
鷹央の肩が震え出す。怒りが爆発する。僕はそう思った。しかし予想に反し、鷹央
は抑えた口調で話しだした。
「……そうなった場合、小鳥はどうなる？」
言われてはじめて僕は気づく。たしかに大鷲の案が採用された場合、僕が統括診断
部にいる必要がなくなる。
「もちろん、小鳥遊先生には統括診断部を辞めていただくことになる」
大鷲はあっさりとそう言い放った。あまりにも簡単にクビを宣告され、僕は啞然《あぜん》と

してその場に立ち尽くす。

「小鳥は大学医局から派遣されてきているんだ。勝手にクビになんてできない」

「ああ、もちろん小鳥遊先生のような優秀な人材を追い出すつもりはないよ。小鳥遊先生にはできれば、救急部の専属になっていただきたいと思っている」

救急部の専属？　けれど僕は内科医として成長するため、鷹央の下で診断学を学ぶためにここに……。

「……ふざけるな、小鳥は私のものだ」

「え……？」

鷹央が放った一言に、僕は驚き我に返った。隣に立つ真鶴も驚き顔で、僕と鷹央を交互に見る。鷹央は振り返って僕を指さした。

「こんな使い勝手がよくて、からかいがいの有る男、なかなかいないんだぞ。お前なんかにいいように使われてたまるか」

……ああ、そうですか。『使い勝手がよくて、からかいがいの有る男』ですか。

「それなら、申し訳ないが先方の医局と相談して、早期に大学に戻ってもらうしかないな。なんにしろ、すべては部長会議で決定されたらだ。あくまで提案は外科系の部長たちの要請を受けたもので、私としてはそれを穏便な形にまとめようとしているだけだ。これ以上、私にできることはない」

大鷲は「話は終わりだ」とばかりに、机の上の書類を手に取る。

「……私にできることはないだ？　……よく言うよ、この詐欺師《さぎ》が」

鷹央が低く籠《こ》もった声でつぶやく。大鷲は書類から視線をあげた。

「詐欺師？　私がか？」

「そうだ。なにが『外科系の部長たちが提案した』だ。外科系の部長の中には、お前の息がかかった奴らが何人もいる。そいつらに指示して統括診断部の廃止案を提案させたんだろ。診療科廃止なんていう重要案件は、各科部長の三分の二以上の賛成が必要だ。ふだんなら通るわけがない。けれど私が提訴されたという噂が広まったいまなら、賛成に回る奴らも多いとふんだんだ」

鷹央は顔を紅潮させながらまくし立てる。

「統括診断部の縮小を提案するのもそうだ。一度廃止案を出したあと縮小案に変えれば、賛成しやすくなる。けれどその内容は統括診断部を骨抜きにして、私を窓際《まどぎわ》に追い込むものだ。それに耐えられなくなった私が病院をあとにし、お前がこの病院の実権のすべてを握る。それがお前の計画だ。違うか？」

鷹央の糾弾を眉《まゆ》一つ動かすことなく受け止めると、大鷲はぼそりと「だったら？」とつぶやいた。

「だったらって、お前……」鷹央は言葉に詰まる。

「たとえお前の言うとおりだとして、それになんの問題がある？　私は正規の手続きを経て、統括診断部縮小案を議題にあげる。そして、お前がなんと言おうと、三分の二以上の賛成があれば、私の提案どおりに統括診断部は縮小される。ただそれだけのことだ。いまさらお前にできることはなにもない」

大鷲は平板な口調で言う。それは勝ち誇っているというより、ただ単に事実を確認しているといった雰囲気だった。

「……いや、できることならあるぞ」

鷹央はくいっとあごを反らすと、大鷲に向かって挑発的な視線をぶつけた。

「部長会議までに鈴原宗一郎に診断を下して、母親に提訴を取り下げさせてやる」

3

「鈴原宗一郎はどこだ？」

僕とともに小児科病棟へ飛び込んだ鷹央が叫ぶ。

「病室です。一番奥の個室病室にいます」

ナースステーションの中にいた看護師が廊下の奥を指さす。鷹央は小走りに廊下を進むと、引き戸を開けて鈴原宗一郎の病室へと入った。

院長室で鷹央が大鷲とやりあってから、週末を挟んですでに四日が経《た》っていた。

今日の午後六時、とうとう統括診断部の運命を決める部長会議が開かれる。それにもかかわらず、事態はこの四日間、まったく進展を見せていなかった。病室から持ち出した飲料の毒物検査に時間がかかり、未《いま》だに結果が分からないのだ。今日の午前中には連絡があるということだが、状況はかなり厳しくなっている。

数分前、なんの成果もないまま運命の日を迎え、重い空気を纏《まと》いながら回診をしていたところ、僕のポケベルに小児科病棟からコールがあった。内線電話を掛けてみると、電話に出た鴻ノ池が上ずった声でまくしたてた。「すぐに来てください。宗ちゃんにまた症状が出ました」と。

病室の中には熊川、鴻ノ池、二人の看護師、そして僕と同年代くらいのスーツ姿の男がいた。鈴原桃花の姿は見えない。

「どんな具合だ?」鷹央が訊ねる。

「さっきまで繰り返し嘔吐《おうと》していました。あと、自分で歩けなくなって、まともに受け答えもできなかったです。いまは点滴で制吐薬を投与してすこし落ち着きましたが、まだ意識は混濁したままです」

鴻ノ池が暗い顔で答えた。

「症状が出たのは何分くらい前だ?」鷹央はベッドに近づいていく。

「三十分ぐらい前だと思います。すみません、処置をしていて連絡が遅れちゃって」

「気にしなくていい。治療を優先するのは当たり前だ。三十分ぐらい前というと、午前九時十五分ぐらいに症状が始まったんだな」

頭を下げる鴻ノ池に言いながら、鷹央は宗一郎の顔をのぞき込む。

「この子を診察するぞ、いいな？」

鷹央は熊川に声を掛ける。熊川は一瞬ためらったあと、ゆっくりとうなずいた。

「鈴原、鈴原宗一郎。聞こえるか？　聞こえたら目を開けろ」

鷹央は身を乗り出して、宗一郎に話しかける。宗一郎の目がゆっくりと開く。しかし、その目は虚《うつ》ろで焦点を失っていた。血の気が引き、表情筋が緩んだその顔は、五日前にみた利発そうな少年と同一人物とはとても信じられなかった。

「よし、目を開けたな。ここがどこか分かるか？」

「ここ……、どこ……？　どこ……？」

宗一郎はまだ言葉が十分に話せない幼児のような口調で言う。

「見当識障害もあるのか。意識レベルはジャパンコーマスケールで二桁《けた》、グラスゴーコーマスケールで……」

鷹央はつぶやきながら五日前と同じように白衣のポケットからペンライトや眼底鏡を取り出し、宗一郎を診察していく。宗一郎はまるで人形のように、ほとんど反応を見せることなく、鷹央の診察を受け続けた。

「対光反射は正常だが、眼球運動に軽い左右差があるな。ただ意識障害で命令が入らないから、神経所見がなかなかとれない」

そこまで言ったところで、鷹央は部屋の隅に視線を向ける。ネコのような目が大きく見開かれる。

「なんだよ、それは⁉」

鷹央は部屋の隅に置かれていたゴミ箱に駆け寄ると、その中に手を突っ込み、なにかを取り出した。

「あ……」

僕の喉《のど》から声が漏れる。それはモモの絵が描かれた紙パックだった。

「これは私が全部回収したはずだぞ。なのに、なんで空パックが捨ててあるんだ。これが原因だって言っただろう」

鷹央は苛立たしげにかぶりを振る。

「あの、宗一郎君のお母さんが次の日にまた持ってきて、飲ませるように強くおっしゃったので……」

看護師の一人がうつむきながら小声で言った。

「すみません。宗一郎にそれを飲ませたのは私なんです。まさか、それが原因かもしれないとは知らなくて」

スーツ姿の男が唐突に頭を下げた。

「……お前は誰だ？」鷹央は男にぶしつけな視線を投げかける。

「宗一郎の父親で、金沢隆太《かなざわりゅうた》と申します」

宗一郎の父親？　意外な人物の登場に、僕と鷹央はまばたきを繰り返す。

「金沢さんは南海《なんかい》大学の救急医をなさっているんだよ。金沢先生、こちらは統括診断部の天久先生です。宗一郎君の診療に協力していただいています」

横から口を挟んだ熊川が、金沢に鷹央を紹介する。金沢はなぜか少し驚いたような表情を浮かべた。

鷹央は金沢と視線を合わせると、「……廊下で話せるか」とつぶやく。金沢は数瞬ためらったあと、ゆっくりとうなずいた。二人が病室から出て行く。少し迷ったあと、僕も部屋を出る。

「桃花がご迷惑をおかけしているようで、本当に申し訳ございません」

廊下に出るやいなや、金沢は深々と頭を下げた。どうやら、訴訟のことは知っているらしい。

「見舞いにはよく来ているのか？」鷹央は早口で訊ねる。

「はい、救急部勤務なので、夜勤明けなどに見舞いに来るようにしています。親権は妻……元妻にありますけれど、子供に会う許可は取っていますんで」

「そうか。それでいつ頃離婚したんだ？　その原因は？」

鷹央は聞きにくいことをずばずばと訊ねていく。金沢は少し面食らったような様子を見せた。

「あの、それが宗一郎の診療になにか関係が……」

「あるかもしれないし、ないかもしれない。いまはできるだけ情報が欲しいんだ」

鷹央は厳しい表情を浮かべる。普段の飄々《ひょうひょう》とした態度からかけ離れた鷹央の様子。あと数時間後に部長会議をひかえて、まだ宗一郎の診断がついていない。そのことに鷹央の精神は炙《あぶ》られているのだろう。そして、それは僕も同じだった。

もしあの飲み物になにも異常が無かったら……。それ以前に、部長会議までに検査結果の連絡が無かったら……。悪い想像がこの数日間、頭を離れない。

「……桃花と離婚したのは三年ほど前です。理由はなんと言いますか……性格の不一致というやつです。桃花はかなり性格のきつい一面がありまして、私の方が耐えられなくなりました」

「離婚の際の条件は？　親権はなんで手放した？」

鷹央は追い打ちをかけるように質問を重ねていく。金沢は表情を歪《ゆが》めながらも、律《り》儀《ぎ》に答えていった。

「財産半分の分与と、養育費として月二十万円の支払いです。私も大学病院勤務で、それほど給料はよくないので、それが限界でした。親権に関しては、私も宗一郎を手放したくはなかったんですが、どうしても救急医などやっていると勤務が不規則で、育児は難しいものですから……」

「そうか。わかった」鷹央は腕を組んでなにやら考え出した。

「あの、……訴訟のことについては、桃花がもう少し落ち着いたら取り下げるよう説得しますんで」

おずおずと言った金沢に向かって、鷹央は自虐《じぎゃく》的な笑みを浮かべながら「それじゃあ遅いんだよな」とつぶやいた。

「本当にご迷惑おかけします。桃花は怒りっぽくて。とくに子供のこととなると手がつけられないんです。宗一郎は小さいときから病弱だったから、分からないでもないんですが……」

「まあ、母親が子供を守ろうとするのは自然な行動だからな」

「ただ、宗一郎のことについては桃花に感謝しているんです。あいつは本当に献身的に宗一郎の看病をしてくれていますから。あいつだけに苦労をかけるわけにもいかないんで、可能な限り私も見舞いに来るようにしているんです」

金沢の表情が緩む。もしかしたら宗一郎の病気により、一度壊れた家庭がまた再生しようとしているのかもしれない。そうだとしたら皮肉なことだ。

「話は分かった。ありがとう」

鷹央はそう言うと、廊下をナースステーションに向かって歩き出す。

「あの、天久先生……」

鷹央の背中に金沢が声をかける。

「先生は宗一郎が毎朝飲んでいるジュースが原因だと疑っておいでだと聞いたんですが、私にはどうしてもそうは思えないんです。宗一郎は二歳ぐらいの頃から時々あれを飲んでいましたから」

「……そうか」

鷹央は硬い表情を浮かべると、ナースステーションの中に入っていく。僕も金沢に会釈をして、それに続いた。

ナースステーションの奥で、鷹央は電子カルテのディスプレイをにらみはじめた。どうやら、なにか見落としがないか確認するらしい。その表情はこれまで見たことがないほど険しく、焦燥に満ちていて、声をかけるのが憚《はばか》られた。

「小鳥先生、どうなんですか?」

背後から声がかけられる。振り向くと、鴻ノ池が不安げな表情で立っていた。

「だから、小鳥じゃなくて、小鳥遊……。ああ、いまはそんなことどうでもいいか。

まだなにも分かっていないよ。あのジュースの検査結果待ちだ」

「今日の部長会議までに宗ちゃんに診断を下して、提訴を取り下げてもらわないと、小鳥先生がクビになっちゃうんですよね」

鴻ノ池はきれいに整えられた眉の間にしわを刻む。

「……相変わらず地獄耳だな」

「なに言っているんですか。みんな知っていますよ。最近、その噂《うわさ》で病院中が持ちきりなんですから。それでどんな感じなんですか？」

「会議までにジュースの鑑定結果が出るはずだ。それ次第だな。鷹央先生はあのジュースになにかが入っているって確信している」

「けれど、鷹央先生ちょっと不安げですよ」

「……ああ、そうだな」

僕と鴻ノ池は、かちかちとせわしなくマウスを操作している鷹央を眺める。

「いやですよ、小鳥先生がいなくなるの。鷹央先生との夫婦《めおと》漫才見るの、私の生きがいなんですから」

「夫婦漫才なんてやっているつもりはない！　へんなもの生きがいにすんな」

「けれどまじめな話、統括診断部が縮小なんてされて欲しくないんですよ。私、来年度の選択研修で、統括診断部にお世話になるつもりなんですから。縮小されたら、研修医を受け入れられないでしょ」

「お前が来るのかよ……」

顔が引きつる。鷹央の相手だけでも手いっぱいなのに、このハイテンション研修医までやってきたらストレスで胃に穴が開きそうだ。

「鷹央ちゃん、やばそうなのかい？」

また後ろから声が聞こえてきた。振り返ると、熊のような男が立っていた。

「ジュースの鑑定結果が出るまでなんとも言えません。それより熊川先生。先生も部長会議に出席するんですよね。もし会議までに提訴が取り下げられなかった場合、統括診断部の縮小案は採択されそうなんですか？」

僕が質問を返すと、熊川は苦虫を嚙みつぶしたような表情を浮かべた。

「ああ、多分な。内科の部長たちは鷹央ちゃんに同情的だが、外科系の部長たちは鷹央ちゃんを嫌っている奴《やつ》らも多い。問題はマイナー科、眼科とか皮膚科の部長たちだ。あいつらは鷹央ちゃんと接点が少ないんで、中立な立場なんだが。今回の訴訟でそいつらが賛成票を投じる可能性が高い。廃止案じゃなく、縮小案っていうところがいやらしいところだ。縮小案なら比較的賛成しやすいからな」

大鷲の思惑どおりに動いているということか。やはり会議までに宗一郎の診断をつけない限り、統括診断部の存続は厳しいらしい。

電子音が響く。マウスを操作していた鷹央の体がびくりと震えた。鷹央は白衣の胸ポケットからポケットベルを取り出して表示を確認すると、ゆっくりと手を伸ばして、すぐ脇《わき》に置いてあった内線電話の受話器を取る。

受話器を顔の横につけた鷹央が、なにやら話しはじめる。その顔は遠目にもこわばっているのが見えた。

次の瞬間、唐突に鷹央がその場に崩れ落ちた。糸が切れた操り人形のように床に座り込み、力なくうなだれる。僕は慌《あわ》てて鷹央に走り寄った。

「鷹央先生、どうしたんですか？　なにがあったんですか？」

答えを予想しつつも、僕は訊ねずにはいられなかった。鷹央はゆるゆると顔をあげる。僕を見るその目は濁っていて、まるで眼窩《がんか》にガラス玉がはまっているかのようだった。かすかに震える唇が開く。

「ジュースの鑑定結果に……なにも異常がなかった」


カーテンを閉め切った薄暗い部屋の中、電子カルテの前に座っている僕は、視線をソファーに横たわった鷹央に向けた。その目は開いてはいるが、焦点が合っていないのが遠目にも見て取れた。

数十分前、小児科病棟で座り込んでしまった鷹央を、僕と鴻ノ池で支えてこの屋上にある〝家〟まで連れてきて、ソファーに横にした。鷹央のショックは大きかったらしく、連れてくる間も、そしてそれからの数十分間も、魂が抜けたように呆然《ぼうぜん》としているだけで、一言も口をきいていなかった。

鴻ノ池が小児科病棟へと戻り、鷹央と二人この部屋に取り残された僕は、なにか見逃していることはないかと鈴原宗一郎のカルテを読みはじめたのだが、案の定収穫はゼロだった。

思うところあって外科医局を辞め、内科医を目指しはじめてまだ一年も経っていない『見習い内科医』の僕が、自他共に認める『最高の診断医』である鷹央でさえ診断が下せなかった症例に挑むなど、どだい無理なのだ。しかし、それでも諦《あきら》めるわけにはいかなかった。

考えろ、考えるんだ。僕は脳に鞭《むち》を入れる。病弱な小学生。数日に一回、発作的にあらわれる症状。過保護な母親と、離れて暮らす救急医の父親。毎朝飲むジュース。ほとんど異常のない検査結果……。

「小鳥……」

か細い声が僕の思考を遮る。鷹央がソファーに横たわったまま、こちらを見ていた。

「鷹央先生、大丈夫ですか？」

「……大丈夫じゃない」

鷹央は弱々しく首を振る。

「さっき診察して確信した。あの子供の症状はきっと中毒症状だ。たぶん向精神薬とか、神経系に作用する薬物の……。だから、あのジュースになにか入っているはずなんだ。それ以外にあり得ないんだ。けれど鑑定結果は、なんの異常もない普通の果汁だって……。じゃあ、なんで中毒なんて……」

僕は椅子《いす》から立つと、〝本の樹〟を避けながらソファーに近づく。

「少し休んでいてくださいよ。ちょっと落ち着けば、きっと良い考えが浮かんできますから」

「……なあ、小鳥」鷹央は目を伏せると、蚊の鳴くような声でつぶやいた。「お前、統括診断部に残りたいか？」

「え？　そりゃあまあ……」

「……いまからでも、私が謝ったら、……鈴原桃花は提訴を取り下げてくれるかな？」

鷹央がなにをしようとしているかに気づき、僕は言葉を失う。

「……本気ですか？」

「……ああ、本気だ。それしかないなら……しかたがない。私はなにも悪いことはしていないけれど、それが統括診断部を守るためなら……。頭を下げるぐらい……」

鷹央は逡巡《しゅんじゅん》で顔をゆがめながら声を絞り出していく。強烈な葛藤《かっとう》がその小さな体の中で渦巻いていることが容易に見て取れた。

鷹央が自分を曲げて桃花に頭を下げれば、統括診断部はいまの形のまま存続できるかもしれない。けれど、自らの信念を曲げたとき、鷹央は『天久鷹央』でいられるのだろうか？

数十秒間、黙って考え込んだあと、僕はゆっくりと口を開いた。

「僕は、統括診断部に残りたいです。せっかく診断学のイロハが分かりかけてきたんだから」

僕ははっきりと言い切る。

「……そうか」

鷹央は弱々しい笑みを浮かべてうなずいた。

「ええ、そうです。だから、ぼーっとしていないで、さっさと宗一郎君に診断をつけてくださいよ」

「……へ？」

鷹央は不思議そうに僕の顔を見ると、呆《ほう》けた声を上げる。

「まだ会議までは七時間もあるんですよ。いつもみたいにちゃっちゃっと診断つけて、あのヒステリックな母親といけ好かない院長を黙らせてやりましょうよ！」

僕は鷹央に向かって手を伸ばす。しかし、鷹央はその手を握らなかった。

「けれど……。私はあのジュースになにか入っていると確信していたんだ……。それなのに、たんなる果汁でしかなかったって……」

「一回仮説が外れたくらいで、なに塩をかけられたナメクジみたいに萎《しお》れているんですか。らしくないですよ。いつも自分のことを〝天才〟って言っているじゃないですか。天才なら天才らしく、さくっと真相を見破ってくださいよ」

僕は少々挑発的な口調で発破をかける。ガラス玉のようだった鷹央の目に、ゆっくりと、しかし確実に光が戻ってきた。半開きになっていた口が、次第に笑みを形作っていた。

鷹央は唐突に両手で自分の頰を勢いよく張った。部屋にばちーんという音が響いた。

「よし、いっちょうやってやるか！」

鷹央は僕の手を握る。僕は鷹央の小さな体を引き起こした。その瞬間、玄関扉が勢いよく開く。

「しっつれいしまーす」

ハイテンションな声とともに、鴻ノ池が室内に入ってきた。

「熊川先生に許可もらってきました。今日は小児科の仕事はいいから、鷹央先生に協力してろって……」

鴻ノ池はそこまで言ったところで、至近距離で立つ僕らをみて言葉を止めると、にやぁといやらしい笑みを浮かべながら片手で口を覆《おお》う。

「いやぁ、すみません。お邪魔みたいなので失礼します」

「ちょっと待て！　へんな勘違いするな！」

やけにきれいな〝回れ右〟をして出て行こうとする鴻ノ池の後ろ襟を、駆け寄った僕は慌てて摑む。鴻ノ池の口から「くえっ」という、鳥の鳴き声のような音が漏れた。

「なにするんですか、乙女に向かって。セクハラで訴えますよ。私はただ、お二人がラブシーンをしていたっていう噂を……」

「それをやめろって言っているんだ。乙女はそんなゴシップは流さない。そんなんじゃない！」

「えー、本当に違うんですかぁ。怪しいなぁ」

鴻ノ池は笑みを浮かべたまま、上目遣いに視線を向けてくる。なんで僕は一年目の研修医にからかわれているんだろうか？

「おい、そこの二人、いつまで夫婦漫才やっているつもりだ。鈴原宗一郎の資料を最初から全部洗い直す。時間が無いからお前らも手伝え」

「あ、はい、よろこんでー」

鷹央に協力できることが嬉《うれ》しいのか、鴻ノ池は居酒屋店員のような返事をすると、軽やかなステップで部屋の中に入っていった。僕は深いため息をつく。

僕が女性と話すとなんで〝夫婦漫才〟と言われてしまうのだろう？　ここ数年、恋人もいないというのに……。


秒針が時間を刻む音が、僕たちを追い詰めていく。

七時間ほど前、威勢よく宗一郎の資料の再チェックをはじめた僕たちだったが、すぐに壁にぶち当たった。あらゆる検査に異常はないし、どれだけ文献を調べても、宗一郎の状況に当てはまるような疾患も見つからなかった。

「ああ、どうなってるんだよ！　なんで分からないんだ！」

ソファーで腕を組みながら貧乏揺すりをしていた鷹央が、ヒステリックに叫ぶ。

「あの、鷹央先生……、落ち着いてください」

パソコンで医学文献を検索していた鴻ノ池が、首をすくめながら言う。いままで、颯爽《さっそう》と〝謎《なぞ》〟を解いていく鷹央の姿しか見たことがなかったので、少々面食らっているようだ。この人、冷静なように見えて、実はちょっとしたことですぐパニックになるんだよな。

僕は腕時計を見る。時刻は午後五時四十五分になっていた。タイムリミットは刻一刻と近づいている。

「中毒だ！　どう考えても鈴原宗一郎の症状は特殊な疾患とかじゃなく、中毒のはずだ。数日に一度、あの子供は誰かに中毒症状を起こすものを飲まされているんだ！」

軽くカールのかかった黒髪をがりがりと掻《か》きながら、鷹央は声を荒らげる。

「けれど、宗ちゃんは病院の食事と、あのジュース以外はなにも口にしていないって言っています。たぶん、嘘《うそ》はついていないと思うんですけど……」

鴻ノ池がおずおずと言う。

「症状が出る時間帯はいつも午前中だ。……薬は看護師が管理しているんだよな？　鈴原宗一郎は毎朝、てんかん予防にカルバマゼピンを飲んでいる。あの薬を大量に飲めば、朝に見たような症状を引き起こす」

「ええ、ナースが管理していますけど……。まさか、ナースの誰かが……」

鴻ノ池が表情をこわばらせると、鷹央は首を横に振った。

「いや、それは違うはずだ。鈴原宗一郎の症状が出た日の朝、そのすべてに勤務しているナースはいない。勤務記録は確認してある。それに症状は入院前から出ているんだ。ナースが毒を盛った可能性は低い」

そこまで考えていたのか。感心しつつ、僕も頭を働かせる。

「それじゃあ、父親の金沢さんはどうですか？　あの人が見舞いに来るのは主に朝です。もしかしたらあの人がなにかしたとか。父親なら、入院前にも会っていた可能性がありますし、あの人は医者だから薬の知識もあるはずです」

父親が息子に毒を盛る。そんなおぞましいことは考えたくはないが、いまはすべての可能性を検討する必要がある。

「それも違う。面会者の記録も確認したが、鈴原宗一郎に症状が出た日と、父親が見舞いに訪れた日はほとんど重なっていない」

鷹央は僕の説を即座に切り捨てる。まあ、僕のような平凡な人間が思いつくような仮説を、鷹央が検討していないわけないか。

部屋の中に濁った空気が充満してくる。

「あのジュースだ。あれに有害成分が含まれていれば、すべて説明がつくんだ。なんで三十本以上も調べたのになんの異常も見つからないんだよ！」

鷹央は駄々をこねる子供のように、ソファーのうえで四肢をばたつかせはじめる。

「ああ、鷹央先生。落ち着いて。……えっと、たとえば食べ物のアレルギー症状とかあり得ませんか？」

僕がそう言うと、鷹央はばたつかせていた四肢の動きを止め、湿度の高い視線を浴びせかけてきた。

「お前、今朝のあれがアレルギー症状に見えるのか？　もし見えたなら、目ん玉か脳みそ取り替えてこい、馬鹿《ばか》が」

「そ、そこまで言わなくてもいいじゃないですか。アレルギーとは思えない症状だったのはたしかですけど、僕だって必死に考えているんだから」

「考えるなら、もう少しまともな仮説を出せって言っているんだよ。五ヶ月間、ここでなにを勉強してきたんだ」

僕と鷹央は激しく視線をぶつける。焦りのせいで、どうしてもぎすぎすしてしまう。

「あ、あの……。お二人とも冷静に。えっとですね、宗ちゃんに食物アレルギーはなかったはずですよ。好き嫌いも少なくて、しいて言えば少しフルーツが苦手なくらいかな」

鴻ノ池が慌てて仲裁に入る。

「フルーツが苦手？　毎朝、果汁のジュースを飲んでいるのにか？」

鷹央は眉をひそめた。

「ええ、ジュースもお母さんに言われるからしかたがなく飲んでいるみたいですね。なんか最近、特に苦手になったみたいですよ、『時々苦いのがあるから』とか言っていましたね」

「たしかにフルーツって、熟していないと酸味が強いことがあるからな」

僕がつぶやくと同時に、玄関扉がノックされた。僕たちは体を震わせる。ゆっくりと開いた扉から、真鶴が室内に入ってきた。

「……鷹央。もうすぐ会議が始まるわよ」

哀しげに妹を見ながら真鶴は言った。僕は腕時計に視線を落とす。時刻は午後五時五十五分になっていた。

「ちょ、ちょっと待ってくれ、姉ちゃん。あと少し考えさせて……」

かすれた声で言う鷹央にむかって、真鶴は弱々しく顔を左右に振る。

「だめよ。統括診断部の縮小案は、会議の最初に話し合われる予定なの。あなたがいないと欠席裁判になるわ。そうなれば、確実に縮小案は採択される。残念だけど、あとは三分の一以上の部長が縮小案に反対してくれるように祈りましょう」

真鶴に諭された鷹央は、がっくりとうなだれるとソファーから立ち上がる。力ない足取りで玄関に向かう鷹央に、僕と鴻ノ池はなにも声を掛けられなかった。

真鶴は近づいてきた鷹央の背中を優しく撫《な》でた。

「……行ってくる」

鷹央は僕たちを見ることなくつぶやいた。僕はいつも以上に小さく見えるその背中をただ眺めることしかできなかった。本当にこれで統括診断部は終わってしまうのだろうか？　この五ヶ月、統括診断部で経験した様々な思い出が、走馬燈のように頭をよぎった。絶望が心を黒く染め上げていく。

次の瞬間、鷹央の小さな体が電撃に打たれたかのように硬直した。

「鷹央、大丈夫？」

真鶴が不安げに声を掛けると、鷹央は関節がさび付いたような動きで首だけ振り返り、鴻ノ池を見る。

「……さっき、……なんて言った？」

「え？　さっきって……？」

鷹央のただならぬ様子に、鴻ノ池は一歩後ずさる。

「フルーツだ。なんで鈴原宗一郎はフルーツが嫌いだって言ったんだ？」

「えっと、時々苦いのがあるからって……」

「苦い！」鷹央は突然叫んだ。

「あ、あの。鷹央先生。どうしたんですか？　大丈夫ですか？」

まさか、絶望のあまり精神の限界をきたしてしまったのか？

鷹央の顔に壮絶な笑みが浮かんでいく。

「分かった！　全部分かったぞ！　リンゴ、ブドウ、オレンジ、モモ、パイナップル。ちくしょう、なんでこんな簡単なことに気がつかなかったんだ！」

鷹央は両手でガッツポーズを作りながら叫んだ。

「分かったって、宗ちゃんの症状の原因がですか？」

身を乗り出して鴻ノ池が訊ねると、鷹央は力強くうなずいた。

「そうだ。すべて分かった。たんなる中毒で、病気ではないと思っていたが、実は大変な病気が隠れてやがった。このまま気づかなかったら、あの子供の命も危険だったかもしれない。やっぱり私は天才だ！」

鷹央は天を仰ぎながら両手を突き上げる。

「病気？　やっぱり宗ちゃんはなにか特殊な病気だったんですか？」

異常なテンションの鷹央に、鴻ノ池がおずおずと話しかける。鷹央はとたんに真顔になった。

「だらだらと説明している暇はない。部長会議で縮小案が採決される前に、いま気づいたことを証明しないといけないんだ」

鷹央はそこまで言うと、僕と鴻ノ池に鋭い視線を投げかける。

「お前たちに頼みたいことがある」

＊

「わくわくしますね、小鳥先生」

「……全然」

気楽な調子で言う鴻ノ池に、僕は暗い声で答える。

「えー、なんでですか。なんていうか、スパイになった気分じゃないですか？　『ミッション：インポッシブル』みたいな？　さっきからずっと、耳元で『スパイ大作戦のテーマ』が流れています」

「それは幻聴だ。僕はどっちかって言うと、こそ泥になった気分なんだけど……」

僕はため息をつきながら、ナースステーションの中から廊下の奥を眺める。突き当たりにある鈴原宗一郎の病室には、すでに母親の桃花が面会に訪れ、看病をしていた。

僕と鴻ノ池は、鷹央の〝頼み〟を実行するため、この小児科病棟にやってきていた。時刻は午後六時五分を回っている。もうすでに部長会議は始まっているはずだ。

「時間が無い。さっさとやるぞ」

僕は覚悟を決める。これからやろうとしていることは、見つかれば大きな問題になるだろう。それでもやらないわけにはいかなかった。

なんでこんなことが必要かは分からないが、この任務さえ成功させれば、あとは鷹央がどうにかしてくれる。これまでの統括診断部での経験が、僕にそう確信させていた。

「それじゃあ、私が宗ちゃんのママを『熊川先生が話がある』って言って、このナースステーションに連れ出します。その間に小鳥先生、お願いしますね」

「ああ、分かった」

僕がうなずくと、鴻ノ池は「ミッションスタート」とつぶやいて廊下に出る。なぜかつま先立ちで足音を立てないように歩いて行く鴻ノ池を不安いっぱいで見送りながら、僕は深呼吸をくり返す。

ものの一分ほどで、鈴原桃花を連れた鴻ノ池がナースステーションに戻ってきた。

「いったい話ってなんなわけ？　宗一郎の病状のこと？」

「えーっとですね。それは熊川先生が直接ですね……」

「その熊川先生はどこにいるのよ」

「えっと、もうすぐ来ると思うんですけどぉ……」

「それなら、来てから呼べばいいじゃない」

あ、こりゃだめだ。

桃花と鴻ノ池のやりとりを聞いて、僕は即座に判断する。この調子じゃあ、すぐにでも桃花は宗一郎の病室に戻るだろう。その前に作戦を実行せねば。

僕はナースステーションを出て小走りで廊下を進むと、宗一郎の病室の扉を開いた。

「誰？」

部屋に飛び込んできた僕を見て、ベッドに横たわる宗一郎は不安げな表情を浮かべた。その顔色はまだ少し蒼白《あおじろ》いが、意識はしっかりとしているようだ。朝と比べると、かなり症状は改善している。

「えっとね、お医者さんだよ」

「お医者さん？」

宗一郎はかわいらしく小首をかしげた。

「うん、そうだよ。えっと、ちょっと用事があって来たんだ。宗一郎君は寝ていていいからね」

小学生相手にしどろもどろになりながら、僕は白衣のポケットからビニール袋を取り出すと、部屋の隅にある冷蔵庫を開ける。中にはぎっしりと、例の紙パック入りの果物ジュースが詰め込まれていた。僕はそれらを次々にビニール袋に入れていく。

この果物ジュースを、部長会議が行われている会議室に持って行く。それこそが鷹央の指示だった。

鑑定結果でこのジュースには異常が無いことが確認されているというのに、なんでこれらが必要なのかは分からない。けれど、きっと鷹央にはなにか考えがあるのだろう。いまはそれに賭《か》けるしかなかった。

宗一郎はいそいそと冷蔵庫をあさる僕を不審げに眺めていた。すべての紙パックをビニール袋に収めた僕は、宗一郎に向かって媚《こ》びるような笑みを浮かべる。

「お邪魔しました。ゆっくり休んでいてね。もうすぐお母さんが戻ってくるからね」

僕は引き戸を開けて廊下に出ようとする。

「え?」喉から間の抜けた声が漏れた。

戸の奥に鈴原桃花が立っていた。その後ろには、青い顔をした鴻ノ池が見える。桃花と僕の視線が合う。

桃花は口を半開きにしたまま僕の顔を見ると、視線を下げていく。その視線が僕が手にしているビニール袋をとらえた。その瞬間、桃花の目がつり上がっていく。

鴻ノ池の奴、もう少し時間を稼げなかったのかよ。僕が非難の視線を向けると、鴻ノ池は首をすくめながら、顔の前で両手を合わせた。

「なにをしているの⁉」

桃花の金切り声が廊下に響き渡る。一瞬、言い訳を考えるが、こんな状況で釈明などできるわけがなかった。それにもう時間が無い。

「失礼します！」

僕は一声叫ぶと、桃花の脇をすり抜け廊下を走りはじめる。

「あ！　待ちなさいよ！」

背後から怒声とともに足音が聞こえてくる。追ってきている？

振り返る余裕など無かった。小児科病棟を出た僕は、階段を駆け下りていく。

「待ちなさいって言っているでしょ！　なに考えてんのよ！」

上方から桃花の怒声がふってきた。こんなところまで追いかけてきたらしい。なんて執念だ。

僕は顔を引きつらせながら三階まで到達すると、医局エリアへと続く自動ドアの脇にあるカードリーダーに、胸につけているネームプレートをかざす。自動ドアが開く。その瞬間、背後から足音が聞こえてきた。振り返ると、憤怒の表情を浮かべた桃花が走ってきていた。僕は慌てて自動ドアをくぐる。ドアが閉まる前に、桃花も医局エリアへ入り込んできた。

会議が行われている会議室の扉は、すぐ右手にある。僕は背後の桃花に怯《おび》えつつ、扉を開いて中に転がり込んだ。

会議室にいた二十数人の視線が、一気に僕に注がれた。僕は息を乱しつつ身を固くする。追ってきた桃花も、僕の腕を摑《つか》んだところで立ち尽くした。

かなり広い会議室だった。一番奥の正面席に院長である天久大鷲が座り、その両サイドの席に小児科の熊川や産婦人科の小田原など、各科の部長たちが並んで腰掛けていた。その半分ほどの顔に見覚えがある。よく見ると真鶴の姿もあった。

「持ってきたか⁉」

大鷲の右手に座っていた鷹央が勢いよく立ち上がる。僕は紙パックの入ったビニール袋を掲げた。

「よくやった！　ぎりぎり間に合ったぞ！」

鷹央はその場でぴょんぴょんと跳ねながら言う。

「いったいなにが……」

扉のすぐ近くにいたかなり太った初老の男が、振り返って僕と桃花を見ながら言う。見知らぬ男だった。男の白衣についているネームプレートには『腹部外科部長　酒《さか》井《い》』と記されていた。

「この男がうちの子の病室から勝手にジュースを持ち出したのよ！　どうなっているのよ、この病院は？　医者が泥棒するわけ⁉」

桃花は僕の顔を指さしながら、ヒステリックに叫んだ。

「小鳥先生！　大丈夫でしたか？」

唐突に背後の扉が開き、鴻ノ池が室内に飛び込んできた。どうやら、僕と桃花を追ってきたらしい。室内の視線が、今度は鴻ノ池に集中する。

居並ぶ各科の部長たちを前に、鴻ノ池はその場で硬直する。まあ、研修医としてはきつすぎる状況だろう。

「あ、お呼びじゃない……。失礼しましたー」

身を翻《ひるがえ》そうとする鴻ノ池の肩を僕は摑む。

「一人だけ逃げようとするんじゃない」

「ちょ、小鳥先生。マジで勘弁してくださいよ」

鴻ノ池と僕が小声で言葉を交わすのを聞いて、桃花は大きな舌打ちを響かせた。

「小鳥遊先生。これはどういうことなのかな？」

混乱した室内を落ち着かせるように、大鷲の重低音の声が響いた。それだけで、ざわついていた会議室が静まりかえる。

「あの、えっと……」

「私が頼んだんだ。どんな方法でもいいから、鈴原宗一郎の部屋からジュースのパックを持ってこいってな。ちなみに、そこの女は鈴原桃花、私を訴えている張本人だ」

答えに詰まった僕を助けるように、鷹央が声を張る。その言葉に再び会議室がざわめきだした。

「しかし、その女まで連れてくるとはな。さすがにそれは予想していなかった」

鷹央は唇の片端をつり上げる。

「……すみません」

桃花がすぐそばにいるこの状況で、謝っていいものかどうか判断が難しかったが、とりあえず僕は謝罪した。

「いや、素晴らしい。これこそ私が求めていた状況だ。本当によくやった」

鷹央は万歳をするように両手を広げる。

「ちょっと待ちなさいよ！」桃花は顔を真っ赤にしながら叫んだ。「なに勝手に話を進めているのよ。そのジュースは、私が息子に飲ませるために買ったものなのよ。さっさと返しなさいよ。さもないと……」

「窃盗で訴えるか？　好きにしろ。私はお前の子供の診断に必要だから、それを持ってこさせたんだ」

「そのジュースの検査はこの前やったじゃない。それで、あなたが言っていた『毒』とかは検出されたわけ？」

「いや、なにも見つからなかった。なんの変哲もない果物ジュースでしかなかった」

「ほら見なさいよ！　ならそのジュースが原因じゃなかったじゃない！　あんな偉そうなこと言ったくせに」

桃花は勝ち誇るように鼻を鳴らした。

「いや、それが原因だ」

鷹央はきっぱりと言い切った。桃花の顔が歪む。

「いま、ジュースにはなにも異常がなかったって言っていたでしょ！」

桃花と鷹央の視線が激しくぶつかり合った。

「あのー……」

酒井という名の腹部外科部長がおずおずと片手をあげながら言う。

「これはなんなんですか？　副院長の個人的なトラブルなら、この会議のあとにゆっくり話し合いをしていただいた方が……」

「うっさい！　叔父貴の腰巾着《こしぎんちゃく》は黙っていろ！」鷹央は酒井を一喝する。

酒井は酸欠の金魚のように口をぱくぱくと動かす。同時に大鷲が立ち上がった。

「鷹央先生、酒井先生の言うとおりだ。会議中に部外者の方を入れるのは問題があるし、話を聞くと、そちらの女性のお怒りももっともだと思う。まずはこの会議を終えてから、病院の責任者である私を含めてゆっくり話をするというのはどうかな」

大鷲は諭すような口調で言う。酒井を含む数人の部長たちがうなずいて同意の意思を示した。

「そういうわけにはいかないな。これは、統括診断部の縮小案に大きく関係するんだ。いまから私は、その女に提訴を取り下げさせるんだからな」

鷹央は胸を張って言う。会議室にひときわ大きなざわめきが走る。

「ふざけんじゃないわよ！　提訴を取り下げる？　私は絶対そんなことをしないからね！　絶対にあなたを訴えて、破滅させてやる！」

歯をむき出しにして叫ぶ桃花に向かって、鷹央は皮肉っぽく笑う。

「いや、お前は提訴を取り下げることになる。いいか、私はいまからお前の息子の体に起こったことを解き明かしてやる。もしそれができなかったら、この場でお前に土下座をしたうえ、裁判で争うことなくお前の要求どおりの慰謝料を払ってやるよ」

あまりにも大胆な提案に、桃花の顔に動揺が走った。

「悪い話じゃないだろ。もし私が成功すれば、お前の息子になにが起こっているか分かって、治療が可能になる。そしてもし失敗すれば、お前は私に土下座させたうえ、大金を得ることができるんだぞ」

鷹央は挑発的に言う。桃花は疑わしげな視線を鷹央に浴びせたまま黙り込んだ。

「……鈴原桃花さんでしたね」

大鷲の低い声が響く。それほど声量はないにもかかわらず、その声はよく通った。

桃花は視線を大鷲に移す。

「当院院長を務めている天久大鷲と申します。まず、私の病院の医師たちが不快な思いをさせたことを謝罪いたします。そのうえでお願いいたします。そこの天久鷹央先生の話を聞いてくださいませんでしょうか。それで、天久先生が息子さんになにが起こっているのか解明できなかった場合は、私が責任を持って謝罪、および大変なご迷惑を掛けたことについての補償をさせます」

「そんな、院長それは……」

酒井が椅子から腰を浮かしてなにか言いかけるが、大鷲は一睨《ひとにら》みでその口を閉じさせた。

「いかがでしょう？」

大鷲は桃花に決断を迫る。言葉面こそ丁寧だが、その口調は拒絶を許さないような力強さを内包していた。唇を噛《か》んだ桃花はためらいがちにうなずいた。

「よしっ、契約成立だ」

鷹央は会議室の奥から小走りにかけてくる。その足取りはスキップでもするかのように軽やかだった。目の前に来た鷹央は、僕の手からビニール袋をむしり取る。

僕は鷹央に声をかけようとする。しかし、なんと言えばいいのか分からなかった。本当に鷹央は、宗一郎の体に起こっていることを説明できるのだろうか？　不安が胸の中で膨らんでいく。

鷹央は白衣のポケットから輪ゴムを取り出すと、軽くウェーブのかかった長い黒髪を結わってポニーテールをつくった。

「おいおい、そんな心配そうな顔すんなよ」僕の表情を見て鷹央はへたくそなウインクをしてくる。「私に任せておけって」

その言葉を聞いた瞬間、胸の奥にはびこっていた不安が解け去っていく。

この人が「任せておけ」と言ったんだ。あと僕にできることは、ことの顚末《てんまつ》を見届けることだけだ。

「お願いします、鷹央先生」

僕の言葉に力強くうなずくと、鷹央は振り返って部屋を見回した。部屋にいるすべての者の視線が鷹央に集中する。

鷹央は「どけ」と、すぐ近くに座っていた酒井に言う。酒井が渋い顔で椅子ごと空けたスペースに立つと、鷹央はビニール袋の中に入っていた紙パックをすべてテーブルの上に出す。

「大丈夫なんですか？　だって、あのジュースにはなにも異常がないって鑑定結果が出ているんでしょ？」

隣に立つ鴻ノ池が不安げにつぶやく。その奥では、桃花が鷹央に冷たい視線を注いでいた。

「大丈夫だ。いいからよく見ておけよ」

僕が鴻ノ池にそう言うと同時に、鷹央は紙パックに付属しているストローを手に取り、ブドウの絵がプリントされたパックに突き刺し、それに口をつけた。

「……違うか」

一口中身をすすった鷹央はぼそりとつぶやくと、つぎにリンゴがプリントされた紙パックにストローを刺し、同じように一口ふくむ。

オレンジ、モモ、パイナップル、そして再び新しいパックのリンゴと、鷹央は紙パックにストローを刺しては一口ずつ飲んでいった。

いったいなにをしているのだろう？　僕は眉根を寄せる。会議室にいる大部分の者が、僕と同様にいぶかしげな表情を晒《さら》していた。そんな中ふと僕は、鈴原桃花だけが、その顔に明らかな焦燥を浮かべていることに気がついた。

鷹央はリンゴの紙パックを脇に置くと、つぎにパイナップルの紙パックにストローを刺し、同じように一口すすった。その瞬間、鷹央の目が大きく見開かれる。

鷹央はなにかを確認するように、もう一口吸うと、満面の笑みを浮かべた。

「苦い……」

鷹央は振り返って僕の顔を眺める。

「苦いぞ、小鳥！　やっぱり思ったとおりだ！」

「え、苦いって、いったいどういう……？」

「おかしいと思ったんだ。『フルーツは苦いことがあるからあまり好きじゃない』なんて。普通は『酸っぱい』だろ。熟していなくても『苦い』なんてほとんどない」

「あの……なんの話ですか？」

意味が分からず戸惑う僕に、鷹央はストローの刺さった紙パックを差し出した。

「一口飲んでみろ。そうしたらすぐに分かる」

「飲めば分かるって……」

僕は戸惑いながら、パイナップルの絵がプリントされた紙パックを受け取った。会議室中の視線が僕に集中する。

隣で鴻ノ池が「あー、間接キスだ」とくだらないことをつぶやくのを無視すると、僕はおそるおそるストローに口をつけ、その中身を吸った。次の瞬間、口の中に広がった予想外の味にむせかえってしまう。

「こ、これって……？」

なんとか呼吸を整えた僕は、パッケージに描かれた絵を確認する。

「そうだ。『苦いフルーツ』といったらこれくらいしかないだろ」

鷹央は左手の人差し指を顔の前に立てる。

「グレープフルーツだよ」

そうだ、この味はたしかにグレープフルーツだ。なんでパイナップルの紙パックにグレープフルーツの果汁が？

ん？　グレープフルーツ……？

「ああっ！」

僕の口から大きな声が漏れる。それと同時に、向こう側の席に座っていた熊川が「そうか！」と声を上げた。

「そうだ。これが鈴原宗一郎に激しい嘔吐、複視、意識障害などを引き起こしていた原因だ。鈴原宗一郎は抗てんかん薬としてカルバマゼピンを内服していた。この薬はグレープフルーツと同時に摂取すると、著しい血中濃度増加を引き起こし、中毒症状を生じることがある」

鷹央は指揮でもするように人差し指を立てた左手を振りながら、説明をしだす。

「グレープフルーツに含まれるフラボノイドは、CYP3A4という酵素の働きを数時間ほど阻害する。このCYP3A4はカルバマゼピンの代謝に重要な働きをしているので、これが阻害された状態でカルバマゼピンを内服すると、一時的に血中濃度が異常上昇することがあるんだ。ほかにグレープフルーツと一緒に内服できない薬に、高血圧薬のカルシウム拮抗薬《きっこう》などがある」

そこまで説明すると、鷹央は状況についてこれないのか、静まりかえっている室内を得意げに見渡す。もはや完全に鷹央の独壇場と化していた。

「あの……」

鴻ノ池が首をすくめながら小さく手を上げる。

「ん？　なんだ？」鷹央は上機嫌に言う。

「えっとですね。いまの説明だと、宗ちゃんはカルバマゼピンによる中毒ってことになるんですよね？　けれどさっき鷹央先生、宗ちゃんが命に関わるような『大変な病気』に罹《かか》ってるって言ってませんでした？」

「いや、違うな。たしかに私は『大変な病気が隠れていた』とは言ったが、『鈴原宗一郎が大変な病気に罹っている』とは言っていない」

そう言うと、鷹央はつかつかと鈴原桃花に近づいて行く。桃花の顔の筋肉が細かく痙攣《けいれん》しだした。

「大変な病気に罹っているのはお前だ」

鷹央は桃花の鼻先に人差し指を突きつけた。

「わ、私が病気に罹っている？　なにを言い出すのよ。病気なのは、宗一郎でしょ。わ、わたし、……私がいったいなんの病気に罹っているって言い出すわけ？」

桃花は息を乱しながら喘《あえ》ぐように言う。鷹央はそんな桃花を睨《ね》め上げた。

「鈴原桃花、お前は代理ミュンヒハウゼン症候群だ」

桃花の表情が、炎に炙《あぶ》られた蠟《ろう》のようにぐにゃりと歪《ゆが》んだ。


「だいりみゅひ……？」

鴻ノ池が小首をかしげた。そんな鴻ノ池を鷹央は横目で見る。

「代理ミュンヒハウゼン症候群だ。ミュンヒハウゼン症候群とは、一九五一年にイギリス人医師リチャード・アッシャーによって提唱された精神疾患の一種で、その患者は自分の体を傷つけたり、毒を服用したりして、自らが重篤な疾患に罹患《りかん》しているかのように見せかける。そうして周囲の関心や同情をひこうとするんだ。そして代理ミュンヒハウゼン症候群は、文字通り自分の『代理』を使って同様の行為を行う」

鷹央はずいっと桃花に近づく。桃花は押されるように一歩後ずさった。

「その『代理』となるのは多くの場合、自分の子供だ。代理ミュンヒハウゼン症候群患者は自らが物理的に傷つけたり、毒を盛ったりした『代理人』を懸命に看護することで、〝重病人を必死に看護するけなげな自分〟を演出し、周囲の評価をあげようとする」

「なに、なんなのよあんた！　私がわざと宗一郎を病気にしたとでも言うわけ？」

桃花は震える声で怒鳴る。

「そうだ。お前はグレープフルーツを飲ませることで息子にカルバマゼピンの中毒症状を引きおこさせ、その息子を看病することで〝悲劇の母親〟を気取っていたんだ」

鷹央はまったく動じることなく、桃花を鋭い視線で射貫《いぬ》いた。

「ち、違う！　私はただ……」

「なんだ、看護師のくせにカルバマゼピン内服患者がグレープフルーツを摂取してはいけないことを知らなくて、悪意なく飲ませていただけとでも言うつもりか？」

息も絶え絶えに反論を試みる桃花を、鷹央は上目遣いに見る。

「そ、そうよ。知らなかったのよ。知らなくて飲ませたの！」

桃花は甲高い声で叫んだ。

「知らないわけがあるか！　それならなんでわざわざ、パックの中身をすり替える必要があったんだ。あのパックはお前が持ってきて、個室の冷蔵庫に保管されていたものだ。お前が息子に中毒症状を起こさせるためにすり替えたのは明らかだ」

「そ、そうとは限らないじゃない。病院の誰かが……、医者とか看護師とかが……」

「なに言っているんだ。いま、自分で『知らなくて飲ませた』って叫んだだろうが。それに、鈴原宗一郎の症状は入院前から生じていた。入院前と入院中、両方でグレープフルーツ果汁を投与できるのは、一緒に暮らしているお前ぐらいだ。それに、お前は入院した息子に執拗《しつよう》にあのジュースを飲ませようとしていたしな」

桃花は喘ぐような息づかいのまま口を開く。しかし、その口からはもはや反論はこぼれてこなかった。

「よく見ると、ストロー差し込み口に小さな穴が開いている紙パックがいくつかあるな。注射器でも使って、この穴から中身をすり替えたんだろ。お前の家を捜索すれば、きっとグレープフルーツ果汁の痕跡が残った注射器とか見つかるんだろうな」

鷹央はさらに桃花に一歩近づく。後ずさった桃花の背中が壁に当たった。

「いくら鑑定しても毒物なんて検出されるわけないよな。ただの果汁なんだから。けれど、鈴原宗一郎にとってはなんの変哲もないグレープフルーツ果汁が『毒』になるんだ」

桃花は壁に背中をつけたまま、ずるずるとずり下がっていく。とうとう座り込んでしまった桃花に覆い被《かぶ》さるようにして、鷹央は上方から視線を注いだ。

「以前のビタミンA過剰症に関しても、お前は故意に過量投与したんだろ。せっかく苦労して思いついた方法を私にあっさり見破られ、そのうえ子供に過剰なビタミンを投与していたことを糾弾された。〝献身的な母親〟という自己像を壊されたお前は過剰に反応し、私を訴えた。まったく迷惑なことこのうえないな。さて、なにか反論はあるか？」

鷹央は額が付きそうなほど桃花に顔を近づける。桃花の口からは「あ……、あ……」といううめき声が漏れ出すだけだった。

「反論はないようだな。おい小鳥」

「あ、はい」

あまりにも鮮やかな逆転劇に見とれていた僕は、鷹央に声をかけられ我に返る。

「なにぼーっとしているんだよ。警察に連絡しろ。あと、警備員も呼んで、この女が鈴原宗一郎に接触しないように手配するんだ」

『警察』という言葉を鷹央が口にした瞬間、桃花は顔を勢いよく上げた。

「け、警察⁉」

「当然だろ。お前が行ったことは立派な〝虐待《ぎゃくたい》〟だ。虐待された子供を発見したときは、子供を保護して警察に連絡を入れることになっている」

「やめて！　警察はやめてよ！　ねえ、謝るから。あなたを訴えるのやめるからさ」

「提訴を取り下げるのは当然だ。というか、こんな状態で私を訴えられるわけがないだろ」

すがりつくように白衣を摑んでくる桃花を、鷹央はあきれ顔で見下ろす。

「ねえ、お願い。ちょっとした出来心だったのよ。それにあなたも言っていたでしょ、精神疾患だって、だからしかたがなかったの」

「ああ？　出来心だぁ？」

鷹央は桃花の手を振り払うと、ドスの利いた声でつぶやいた。桃花の喉《のど》から「ひっ」という悲鳴が漏れる。

「お前の子供がいままで後遺症もなくいられたのは、あくまで幸運だったからだ。お前の行為は、子供の命を奪ってもおかしくなかった。それに代理ミュンヒハウゼン症候群は、心神喪失状態になって善悪の区別がつかなくなるような疾患じゃない。お前は自分の行為が『悪』だと完全に理解したうえで、自分が疑われないように看護師としての知識を使い、綿密に計画を立てて実行に移した。周囲からの自分の評価を上げるために。もしかしたら、そうやってかいがいしく息子を看病していたら、自分から離れていった元夫が戻ってくるかもとか思っていたのかもな。なんにしろ、釈明の余地なんてこれっぽっちもないんだよ」

冷たく言い放った鷹央の言葉を聞いて、桃花はがくりと頭《こうべ》を垂れた。

広い会議室が沈黙で満たされる。誰もが鷹央の言動に圧倒され、言葉を発せずにいた。鷹央は座り込んだまま動かなくなった桃花から視線を外すと、振り返って大鷲を見る。

「さて叔父貴、こんな感じだが、統括診断部の縮小案はどうなるんだ？」

鷹央は顎《あご》をくいっとそらした。

「……ああ、もちろんその提案については取り下げさせてもらおう」

大鷲は微塵《みじん》も動揺を見せることなく、平板な声で宣言する。

「院長、そんな！　せっかくここまで……」

酒井が勢いよく立ち上がり、甲高い声を上げる。しかしすぐに会議室中の視線を浴び、体を小さくして座り込んだ。

「この縮小案は、統括診断部部長が提訴され、このままでは病院の評判を落とす可能性があるということを提案理由としている。提訴が取り下げられるなら、縮小案も取り下げるのは当然だ」

大鷲の言葉に、酒井は唇をへの字にしてうなずいた。

鷹央は首だけ回し僕を見ると、得意げな表情を浮かべる。

「な、任しとけって言っただろ」

「お見事でした」

僕は笑顔を返しながら心からの賛辞を口にした。

「鷹央先生って、やっぱり超かっこいい」

隣でつぶやいた鴻ノ池の言葉に、今日だけは同意してしまいそうだった。

エピローグ

「疲れたぁ」

屋上の〝家〟に戻ると、鷹央はソファーに倒れ込んだ。デスクの前に置かれた椅子《いす》に座り込んだ僕も同じ気持ちだった。掛け時計に視線を送ると、すでに午後九時を回っている。

鷹央劇場によって混乱した部長会議は結局、他の議題についての話し合いは来週に延期されることになって閉会していた。

桃花は駆けつけた警察官に連れられ、署へと任意同行されていった。その後、僕たちは鈴原宗一郎の父親である金沢隆太を呼び、熊川とともに事情を説明した。金沢は驚愕《きょうがく》し、元妻の行動に気づかなかったことで自分を責めた。そして、すぐに弁護士を立てて桃花から親権を取り戻し、今後、宗一郎は自分が責任を持って育てていくと約束してくれた。

「宗一郎君、大丈夫ですかね……」

あんな女でも、宗一郎にとっては唯一《ゆいいつ》の母親だ。しかも宗一郎から見れば、自分を懸命に看病してくれた優しい母親なのだ。引き離されることはかなりつらいだろう。

「さあな。けれど、引きはがさないわけにはいかないだろ。このまま放っておけば、あの女はさらにエスカレートしていって、取り返しのつかない事態になるのは目に見えていたからな」

「……金沢さんなら、きっと宗一郎君を幸せにしてあげられますよ。話した感じだとちゃんとした人だし、宗一郎君のことも大切にしてくれていますから」

「ああ、そうだといいな」

鷹央は後頭部で両手を組んでソファーに横になった。間接照明で照らされた室内に、しっとりと沈黙がおりてくる。僕は椅子の背もたれに体重をかけ、首を反らして天井を眺める。どこか心地いい沈黙だった。

「……守ったぞ」鷹央の小さなつぶやきが空気を揺らす。

「はい？　なにか言いました？」

首を反らしたまま、鷹央を横目で見る。

「私は統括診断部を、私の居場所を守ったぞ」

鷹央の口調は誇らしげでも、勝ち誇った感じでもなく、ただ深い安堵《あんど》が含まれていた。

超人的な知能を持つ反面、人間関係の構築に大きな問題を持つ鷹央。鷹央にとってこの統括診断部は、自分の能力を社会に還元するためのシステムであると同時に、唯一の居場所でもあるのだろう。だからこそ、どんなことをしてでも守らなくてはならなかった。

「ええ、立派に守りましたよ。おかげで僕もこの病院をクビにならずにすみました」

僕が感謝の言葉を述べると、鷹央が上半身を起こし、含みのある視線を投げかけてきた。

「そうだな。お前のクビも私が守ってやったんだ。お前は私にこれまでにない感謝をしなくてはならない」

「これまでにない感謝？」

「そうだ。具体的にはケーキ三つ分ぐらいの感謝だ。ケーキ三つ！」

「はいはい、今度買ってきますよ」僕は苦笑を浮かべる。

「コンビニのやつじゃないぞ。ちゃんと職人が作っているやつだ。ショートケーキとチーズケーキとチョコケーキを所望する」

注文多いな……。

「了解です。それじゃあ先生、僕はそろそろ帰ります。明日も早いですからね」

僕は立ち上がって大きく伸びをする。背骨がこきこきと鳴るのが心地よかった。

「そうか。……おい、小鳥」

「なんですか？」

「これからもお前は、統括診断部にいるんだよな？」

　僕を見つめる鷹央の目にかすかに不安の色が浮かんでいた。

「……まだ勉強したいことがいっぱいありますからね。鷹央先生にクビにされない限り、当分お世話になるつもりですよ」

　僕は軽くおどけて答えた。

　鷹央が僕を必要としてくれているなら、僕は許されるかぎり統括診断部にいよう。そして鷹央が飛び抜けた能力で人々を救っていくのを見守り、協力し、そして少しでも内科医として、診断医として鷹央に近づけるよう努力しよう。

「そうか。まあ、せいぜい頑張れよ」

　鷹央は興味なさげに言うと、ソファーのそばに落ちていた医学書を手に取る。しかし、ページをぱらぱらとめくりだした鷹央が小さく安堵の息を吐いたのを、僕は見逃さなかった。

「はいはい、死ぬ気で頑張らせていただきますよ。それじゃあまた」

　苦笑した僕が玄関に向かうと、外から足音が聞こえてきた。

「鷹央！」

「鷹央せんせぇ！」

勢いよく扉が開き、部屋の中に真鶴と鴻ノ池が入ってきた。僕たちがこの〝家〟に戻ったのを知ってやってきたのだろう。

「おお、姉ちゃんと鴻ノ池舞か。どうかしたか？」

鷹央が不思議そうに言うと、真鶴はソファーに近づき、鷹央の体を抱きしめた。

「よかったわね！　統括診断部がなくならなくて本当によかった……」

「オーバーだな」

鷹央は微笑《ほほえ》みながら姉の背中をぽんぽんと叩《たた》いた。

「だって、もし統括診断部がなくなったらあなたは……」

そこまで言ったところで、感極まったのか真鶴は言葉を詰まらせる。本当に妹思いの姉だ。

「心配かけてごめんな、姉ちゃん」

鷹央は穏やかな口調でつぶやく。

「いやー、鷹央先生、本当に格好よかったです！　ますますファンになっちゃいました！」

抱き合う姉妹のそばで、鴻ノ池がぴょんぴょんと跳びはねはじめる。まったく、せっかくの雰囲気がぶちこわしだ。それにあんまり振動をくわえると、〝本の樹〟が崩れるのでやめて欲しいのだが……。

　さて、そろそろ僕はおいとまするとしようか。

「それじゃあ鷹央先生、失礼します」

　肩を震わせながらしがみつく姉と、米つきバッタのように跳ねる鴻ノ池に苦笑する鷹央に挨拶《あいさつ》をして、僕は玄関扉を開けた。

「おい、小鳥」

　声をかけられ振り返ると、鷹央が片手をあげて微笑んでいた。

「また明日な」

「ええ、また明日。鷹央先生」

〝家〟を出た僕は、冷たい夜の空気を肺いっぱいに吸いこむ。

　天を仰ぐと、漆黒で満たされた空に三日月が淡く輝いていた。

蜜柑と真鶴

天久鷹央の日常カルテ

「蜜柑《みかん》狩りをしてもらいます！」

「絶対に嫌です！」

ある春の日の午後五時過ぎ、天医会総合病院の屋上に建つ〝家〟では、天久真鶴《あめくまづる》と鷹央《たかお》の姉妹がそんな会話を交わしていた。

時刻は午後五時を少し回ったところだ。僕、小鳥遊優《たかなしゆう》が上司である天久鷹央とともに午後の外来を終えて〝家〟に戻ると真鶴が待っていて、鷹央に蜜柑の実を枝から切り離すための武骨なハサミを差し出したのだった。

「あの、真鶴さん。蜜柑狩りってなんのことですか？」

僕が訊《たず》ねると、真鶴はどこまでも整ったその顔に蕩《と》けるような微笑を浮かべた。

「うちの病院の庭園に、蜜柑の木があって、この時期になると実をつけるんです。それを収穫して、小児病棟に入院している子どもたちにふるまうのが、うちの病院の伝統行事なんです」

「ああ、なるほど。それは良いですね」

小児科病棟には多くの子どもが入院している。その中には、持続的な医療ケアが必要で、長期間入院せざるを得ない子どもも少なくない。そんな子どもの精神的なサポートと、学習の遅れを防ぐため、小児科病棟では院内学級が設置され、教育が行われていた。

子どもの成長には勉強だけでなく、様々な経験が重要だ。院内学級では定期的に、職員やボランティアによる季節にちなんだイベントが行われる。蜜柑をふるまうのも、きっとそんなイベントの一環なのだろう。

「それは知っているよ。でも、なんで私が蜜柑狩りをしないといけないんだ。いつもは小児科病棟のスタッフがやってるじゃないか」

文句を言う鷹央を、真鶴がじろりと睨む。

「いま、小児科はすごく大変なの、宗一郎《そういちろう》君の事件でね」

真鶴の指摘に、事件の当事者である鷹央は「うっ」とうめき声を漏らす。

三ヶ月ほど前、鷹央は意識障害をくり返して小児科病棟に入院していた七歳の子ども、鈴原《すずはら》宗一郎に対する医療過誤で訴えられかけた。鷹央は宗一郎がなぜ定期的に痙攣《けいれん》発作を起こすのか、その謎を鮮やかに解き明かすことで、自らの身に降りかかった嫌疑を晴らしたのだが、かなりショッキングな真相に、大きな騒ぎになった。

事件の現場となった小児科病棟では、再発防止のための様々な取り組みが検討され、新年度からの実施に向け、現在詰めの協議が行われているという噂だ。スタッフは蜜柑狩りどころではないだろう。

「で、でも、私がやらなくても……」

鷹央はぶつぶつとつぶやくと、真鶴は切れ長の瞳をすっと細めた。

「鷹央、あなたこの前、病院あてに届いていたお中元のお菓子をあさっているのを私が見つけたとき、『なんでもするから許して!』って叫んでいたわよね」

この人、そんなことをしていたのか……。

頬を引きつらせる鷹央を眺めながら、僕は呆れかえる。

「あのときあなたが言った『なんでも』が、この蜜柑狩りです」

真鶴は両手を腰に当てた。細身でありながら、百七十センチを超えるモデルのような体形の彼女にはやけにそのポーズが似合っている。

「で、でもあのとき、姉ちゃん全然許してくれなかったじゃ……」

しどろもどろで鷹央が抗議をすると、真鶴は「あ?」と地の底から響いてくるような声を出す。それだけで、鷹央は「ひっ」と小さな悲鳴を上げて両手で頭を抱えた。

「もちろん、やってくれるわよね」

真鶴は柔らかく微笑《ほほえ》む。だが、鷹央を睥睨《へいげい》するその目だけは危険な光を宿していた。

「分かったよ。やればいいんだろ、やれば。けど、かなりの量の蜜柑が必要なはずだ。私一人じゃ、さすがに無理だよ」

鷹央は泣きを入れる。まあ、たしかに基本的に引きこもりで、生まれたての子猫ほどの体力しかない鷹央にはきついかもしれない。

「あなた一人に押し付けるわけがないでしょ。私も一緒にやります」

普段の妹思いの優しい姉の顔に戻った真鶴に、鷹央は「姉ちゃん！」と目を輝かせた。

「僕も手伝いますよ」

僕の提案に、真鶴は胸の前で両手を振る。

「いえ、そんな。小鳥遊先生に手伝って頂くなんて、悪いですよ」

「気にしないで下さい。人数が多い方が早く終わりますから」

僕は拳で軽く胸を叩《たた》いた。せっかく真鶴にいいところを見せられるチャンスをみすみす逃すわけにはいかない。

「では、お願いできますでしょうか」

「もちろんです！」

「それじゃあ、四人で協力して、さっさと終わらせちゃいましょう」

真鶴は嬉《うれ》しそうに、両手を合わせる。パンっという音が、部屋の空気を揺らした。

「四人？　三人じゃないんですか？」

「研修医の子が、鷹央がやるなら自分も参加するって言ってくれているんです」

小児科を回っている研修医？　嫌な予感をおぼえた瞬間、後ろの玄関扉が勢いよく開いた。

「お待たせいたしましたー！　ようやく仕事がひと段落したので、鴻ノ池舞《こうのいけまい》、お手伝いに参上しました。鷹央先生と蜜柑狩りとか超楽しみです！」

天敵である鴻ノ池舞が胸焼けしそうなテンションでまくし立てるのを見て、僕は安易に蜜柑狩りに参加したことを、心の底から後悔したのだった。

「ほら、小鳥《ことり》先生。そこ、そこの奥に大きな実がなっていますよ。取って下さい」

やかましく指示してくる鴻ノ池に、僕は脚立に乗りながら「うるさいな」とかぶりを振る。

“家”をあとにした僕は鷹央、鴻ノ池とともに、さっそく蜜柑狩りにいそしんでいた。真鶴はさすがに普段のスーツ姿で作業はできないということで、着替えてからここに来ることになっている。

病院の裏手にある、入院患者や見舞客が散歩をするために作られた庭園。曲がりくねった遊歩道が通っているテニスコートほどの広場には、様々な植物が植えられていて、一年中、色とりどりの花を愛《め》でられる。

僕たちは、遊歩道から少し奥に入ったところに生えている、三メートルほどの蜜柑の木の前にいた。枝には数十個、艶やかな橙《だいだい》色をした、拳大の蜜柑の実がなっている。それをハサミを使って収穫していくのだが、思った以上の重労働だった。

かなり密に枝が生えているため、掻《か》き分けて奥にある蜜柑の実にたどり着くのもひと苦労だし、かなり高い位置になっている実も多い。不安定な脚立の上に立って手を伸ばさなければならない。

「暑いー、まぶしいー、溶けるー」

若草色の手術着姿に麦わら帽子という、なんともアンバランスな恰好《かっこう》をしながら、気怠《けだる》そうに低い位置になった実の収穫をしている鷹央が文句を言う。

たしかに、午後五時を回っているとはいえ、春の気の長い太陽はようやく赤らんできたところだ。気温もそれなりに高く、作業していると額に汗がにじんできた。

「チョコレートじゃないんだから、溶けたりしませんって。ほら、頑張りましょう」

僕がはげますと、鷹央はやけに湿度の高い視線を投げかけてきた。

「小鳥、お前、なんでそんなにうきうきしているんだ?」

「うきうき?　なに言っているんですか?　勤務時間外なのにこんなことしなくちゃいけなくて、うんざりしてますよ」

僕はあわてて目をそらすと、蜜柑の実に手を伸ばす。手のひらにかすかな凸凹《でこぼこ》がある瑞々《みずみず》しい外皮の感触が伝わってきた。

「いや、絶対にうきうきしている。そう言えば、お前、なぜか即決でこの蜜柑狩りを手伝うって言いだしたよな」

見なくても、いまも鷹央が日本の真夏の空気のような、じっとりとした視線を投げかけているのを感じる。

「……姉ちゃんだな」

「な、なんのことでしょう？」

もぎ取った実を腰に巻いたウェストポーチに入れながら、僕は上ずった声を上げる。

「お前、姉ちゃんの私服が目当てだな」

鷹央が言うと、鴻ノ池がわざとらしく、両手を口に当てた。

「わぁ、小鳥先生、いやらしい。むっつりスケベ」

「まったくだ。入院している子どもたちのイベントのための作業を、そんな不純な動機でするとは。恥を知れ」

鴻ノ池と鷹央に責められた僕は、大きく手を振った。

「いいじゃないですか、ちょっと期待するくらい。こんな日差しの中、必死に蜜柑狩りをしているんだから、少しくらい役得があってもいいでしょ」

「うわ……、開き直った」

鴻ノ池がドン引きした様子で言い、鷹央がこれ見よがしにため息をついた。

「あのなあ、何度も言っているけど、姉ちゃんは人妻だぞ」

「分かってます。別に真鶴さんに言い寄ったりするつもりはありません。ただ、私服の真鶴さんと一緒に作業するのが楽しみなだけです。それくらい許して下さいよ」

「別にいいけど、姉ちゃんはたぶん、お前が期待するような服装じゃないと思うぞ」

鷹央がそう言ったとき、少し離れた位置から「お待たせしました」という涼やかな声が聞こえてくる。

来た！　脚立に足をかけたまま、勢いよく振り向いた僕は、大きく目を剝《む》いた。

「真鶴……さん……ですか？」

半開きの口から、呆《ほう》けた声が漏れてしまう。そこに立っている人物が真鶴なのかどうか、すぐには判断できなかった。なぜなら、皮膚が露出している部分がほとんど存在していなかったから。

長いつばがついた黒い帽子から垂れ下がった布状のフェイスガードが、大きなサングラスをかけた目元を除く頭部全体を覆っている。Ｔシャツの袖から出た二の腕から前腕までをアームカバーが隠し、手には軍手がはめられていた。

「おお、完全装備ですね」

感嘆の声を上げる鴻ノ池に、真鶴（の声をした不審人物）は大きくうなずく。

「日焼けは美容にとって最悪よ。日光は憎むべき敵なの。鴻ノ池さんも三十歳を過ぎたら分かるわ」

鴻ノ池が「心しておきます」と答えるのを聞きながら、胸の中で膨らんでいた期待が、塩をかけられたナメクジのごとく萎《しぼ》んでいくのを僕は感じていた。こんなことなら、蜜柑狩りなどせずさっさと帰ればよかった……。

そのとき、そばにいた鴻ノ池が「わっ」と小さな悲鳴を上げて飛びずさる。

「どうしたんだよ?」

「虫! 大きな虫がいたんです」

「虫?」

目をこらすと、葉の上で大きなアオムシが蠢《うごめ》いていた。

「ああ、アオムシだな。なんだよ、お前。虫が苦手なのか?」

「足がない虫って、なんだか気持ち悪いんですよ! って、なんですか? その『弱点見つけてやったぜ』みたいな、いやらしい笑い方は」

鴻ノ池が騒ぎながら僕を指さしていると、鷹央がてくてくと近づいてきた。

「これはアゲハチョウの幼虫だな。チョウの幼虫はきわめて偏食で、食草と呼ばれる決まった植物の葉しか食べない。そしてアゲハチョウの食草は蜜柑科の植物なんだ。しかし、かなり成長した幼虫だな。ここまでデカいのがいるとなると……」

鷹央は両手でごそごそと枝を掻き分けていくと、「見つけた!」と声を上げる。

「おお、ちょうど羽化するところだ。ベストタイミングだな！」

鷹央が指さす先では、枝に細い糸で支えられていた茶色いサナギが割れて、そこからアゲハチョウの成虫が必死に這《は》いだしていた。

「あら、きれい。毎年、この庭園でアゲハチョウが飛んでいたけど、この蜜柑の木のお陰だったのね」

サングラス越しに羽化を眺めた真鶴が言う。

「葉っぱの上でもそもそと動くことしかできなかったアオムシも、成長すればこうして美しくなり、自由に飛び回れる」

鷹央は目を細める。

「この蜜柑の実をもらう小児科病棟の子どもたちも、病気が治って、大人になり、自由な世界へと羽ばたいていって欲しいものだな」

「鷹央先生、いいこと言いますね。それじゃあ、日が暮れる前にみんなで収穫を終わらせちゃいましょう」

鴻ノ池が声をかけると、鷹央は「そうだな」と微笑んだ。

サナギから完全に羽化したアゲハチョウは、その艶やかな羽を大きく動かすと、紅《あか》く染まりはじめた空に向かって飛び立った。

本作は二〇一四年九月に刊行された
『天久鷹央の推理カルテ』（新潮文庫）を
加筆・修正の上、完全版としたものです。
完全版刊行に際し、
新たに書き下ろし掌編を収録しました。

実業之日本社文庫　好評既刊

知念実希人
崩れる脳を抱きしめて
研修医のもとに、彼女の死の知らせが届く……。愛した彼女は本当に死んだのか？　驚愕し、感動する、恋愛ミステリー。著者初の本屋大賞ノミネート作品！
ち16

相場英雄
偽金　フェイクマネー
リストラ男とアラサー女、史上最強の大逆転劇！〈偽金〉を追いかけるふたりの陰で、現代ヤクザが暗躍――。極上エンタメ小説！（解説・田口幹人）
あ91

相場英雄
復讐の血
新宿歌舞伎町で金融ヤクザが惨殺。総理事務秘書官と警視庁刑事が事件を追う。名物ママの死、金融庁審議官の失踪、幾重にも張られた罠。衝撃のラスト！
あ92

相場英雄
ファンクション7
新宿の雑踏で無差別テロ勃発。その裏には北朝鮮のテロリストの影が……。北朝鮮、韓国、日本を舞台に、人々の生きざまが錯綜する、社会派サスペンス！
あ93

五十嵐貴久
マーダーハウス
希望の大学に受かり、豪華なシェアハウスで暮らすことになった理佐の平穏な日々は、同居人の不可解な死で壊れていく。予想外の結末、サイコミステリー。
い36

実業之日本社文庫　好評既刊

伊坂幸太郎
砂漠
この一冊で世界が変わる、かもしれない。一瞬で過ぎる学生時代の瑞々しさと切なさを描いた一生モノの傑作長編！　小社文庫限定の書き下ろしあとがき収録。
い12 1

伊坂幸太郎
フーガはユーガ
優我はファミレスで一人の男に語り出す。双子の弟・風我のこと、幸せでなかった子供時代のこと、「アレ」のこと。本屋大賞ノミネート作品！（解説・瀧井朝世）
い12 2

伊兼源太郎
密告はうたう　警視庁監察ファイル
警察職員の不正を取り締まる警視庁人事一課監察係の佐良は元同僚・皆口菜子の監察を命じられた。彼女とはかつて未解決事件での因縁が…。（解説・池上冬樹）
い13 1

伊兼源太郎
ブラックリスト　警視庁監察ファイル
容疑者は全員警察官――逃亡中の詐欺犯たちが次々と変死。警察内部からの情報漏洩はあったのか。ブラックリストが示す組織の闇とは!?（解説・香山二三郎）
い13 2

池井戸　潤
空飛ぶタイヤ
正義は我にありだ――名門巨大企業に立ち向かう弱小会社社長の熱き闘い。『下町ロケット』の原点といえる感動巨編！（解説・村上貴史）
い11 1

実業之日本社文庫　好評既刊

池井戸 潤
不祥事
痛快すぎる女子銀行員・花咲舞が様々なトラブルを解決に導き、腐った銀行を叩き直す！　テレビドラマ「花咲舞が黙ってない」原作。（解説・加藤正俊）
い11 2

池井戸 潤
仇敵
不祥事を追及して職を追われた元エリート銀行員・恋窪商太郎。彼の前に退職のきっかけとなった仇敵が現れた時、人生のリベンジが始まる！（解説・霜月 蒼）
い11 3

大山誠一郎
アリバイ崩し承ります
美谷時計店には「アリバイ崩し承ります」という貼り紙がある。店主の美谷時乃は、7つの事件や謎を解決できるのか!?（解説・乾くるみ）
お8 1

草凪 優
アンダーグラウンド・ガールズ
東京・吉原の高級ソープランドが廃業した。人気の嬢たちはデリヘルを始め、軌道に乗るも、悪党共の手により…。女たちは復讐を誓う。超官能サスペンス！
く6 8

草凪 優
女風
女性用風俗（女風）を描く最旬小説。処女でプライドの高い女社長、アイドルグループの絶対的エースなど悩める女を幸せへと導く、人気セラピストの真髄！
く6 12

実業之日本社文庫　好評既刊

貫井徳郎
追憶のかけら　現代語版
大学講師・松嶋は自殺した作家の未発表手記を入手。自殺の真相を究明しようとするが……。辿り着いた真実とは？　圧巻のミステリ巨編！（解説・野地嘉文）
ぬ13

貫井徳郎
罪と祈り
元警察官の辰司が隅田川で死んだ。当初は事故と思われたが…。貫井徳郎史上、最も切なく悲しい誘拐事件。慟哭のどんでん返しミステリ！（解説・西上心太）
ぬ14

馳　星周
神《カムイ》の涙
アイヌの木彫り作家と孫娘の家に、若い男が訪ねてきた。男には明かせない過去があった。著者が故郷・北海道を舞台に描いた感涙の新家族小説！（解説・唯川恵）
は101

東野圭吾
恋のゴンドラ
広太は合コンで知り合った桃美とスノボ旅行へ。ところがゴンドラに同乗してきたのは、同棲中の婚約者だった！　真冬のゲレンデを舞台に起きる愛憎劇！
ひ14

藤田宜永
彼女の恐喝
奨学金を利用し、クラブで働く圭子と、殺人現場から逃げ出した男。ふたりは次第に接近する。驚愕の心理サスペンス。著者、最後の作品。（解説・西上心太）
ふ71

実業之日本社文庫 ち1 101

天久《あめく》鷹央《たかお》の推理《すいり》カルテ 完全版《かんぜんばん》

2023年10月15日　初版第1刷発行
2024年10月15日　初版第4刷発行

著　者　知念実希人《ちねんみきと》

発行者　岩野裕一
発行所　株式会社実業之日本社
〒107-0062　東京都港区南青山6-6-22 emergence 2
電話 [編集]03(6809)0473 [販売]03(6809)0495
ホームページ https://www.j-n.co.jp/
ＤＴＰ　ラッシュ
印刷所　大日本印刷株式会社
製本所　大日本印刷株式会社

フォーマットデザイン　鈴木正道(Suzuki Design)

ISBN978-4-408-55835-6（第二文芸）